少年知识成长小说
TOM'S GLOBAL EXPLORATION
小发明家汤姆全球大冒险

少年知识成长小说

小发明家汤姆全球大冒险

★ ★ ★

非洲丛林中的大冒险

[美] 爱德华·史崔特梅尔 / 著　牟　佳 / 译

太阳娃插画设计 / 绘

中国出版集团

世界图书出版公司

西安　北京　上海　广州

图书在版编目（CIP）数据

非洲丛林中的大冒险/（美）爱德华·史崔特梅尔
（Edward Stratemeyer）著；牟佳译. —西安：世界图书出
版西安有限公司，2016.6（2018.12重印）
（小发明家汤姆全球大冒险）
ISBN 978-7-5192-1285-8

Ⅰ.①非… Ⅱ.①爱… ②牟… Ⅲ.①儿童文学—
长篇小说—美国—现代 Ⅳ.①I712.84

中国版本图书馆CIP数据核字(2016)第088712号

非洲丛林中的大冒险

著　　者	［美］爱德华·史崔特梅尔	
译　　者	牟　佳	
策　　划	赵亚强　李　飞	
责任编辑	雷　丹　李江彬	
校　　对	王　冰　刘　青	
	郭　茹　党　浩	
出版发行	世界图书出版西安有限公司	
地　　址	西安市北大街85号	
邮　　编	710003	
电　　话	029-87233647（市场营销部）	
	029-87235105（总编室）	
传　　真	029-87279675	
经　　销	全国各地新华书店	
印　　刷	三河市腾飞印务有限公司	
成品尺寸	210mm×145mm　1/32	
印　　张	5.25	
字　　数	100千	
版　　次	2016年6月第1版	
印　　次	2018年12月第2次印刷	
书　　号	ISBN 978-7-5192-1285-8	
定　　价	20.00元	

献给每一个有创新和
冒险精神的小读者

　　小读者们，你们好！摆在大家面前的是一套神奇的冒险书——"少年知识成长小说"之《小发明家汤姆全球大冒险》。这套书故事有趣、内容丰富、情节生动，你们会发现，主人公小发明家汤姆和他的朋友们在全球各地冒险的时候，总是可以凭借一些新发明及朋友之间的团结互助克服各种困难。

　　本丛书的作者爱德华·史崔特梅尔是美国著名的儿童小说作家，一生独自完成1300部创作，销售量高达5亿册。他的小说被文学评论家誉为"少年知识成长小说"，开启了20世纪初到20世纪60年代儿童小说的黄金时代。"少年知识成长小说"之《小发明家汤姆全球大冒险》是他的代表作品。他在日记中写道："这是一套色彩缤纷、瑰丽神奇的冒险小说，讲述了小发明家汤姆使用自己的许多发明进行全球探险的故事，情节跌宕起伏，更增长了孩子们物理、机械、气象、洋流、地理、历史、考古、冰川等方面的科学知识……"

　　这套书自出版以来，被翻译成西班牙语、意大利语、法语等10余个语种，全球畅销3000万册，仅亚马逊网站就有超过 100 万条的评论。

许多名人，包括苹果电脑创始人之一史蒂夫·沃兹尼克，科学家、发明家和科幻小说家雷·库兹韦尔、罗伯特·海因莱因、艾萨克·阿西莫夫，美国最具创造力的飞机设计师凯利·约翰逊、泰瑟枪的发明者杰克·科弗，在读过这套书后，都被里面的科学知识和小发明家的冒险精神深深吸引了，并纷纷向读者朋友们推荐。

此外，不少媒体不仅高度关注，还给出了很高的评价。《华盛顿邮报》称"此套书为培养男孩勇敢品质、男子汉气质最好看的书！"《纽约时报》称"勇敢男孩汤姆的故事已经影响了几代人，而且这种影响仍将继续存在……"

小读者们，我们坚信这套书将给你们带来不一样的神奇体验。鼓舞人心的冒险故事，主人公汤姆的创新和冒险精神很值得小读者学习。汤姆有时会泄气，但他从不放弃，这对每个年龄段的人来说都值得借鉴。

如果你是个勇敢的孩子，一定不要错过发明家汤姆系列，你一定会喜欢上这些冒险故事的……

快来和小汤姆一起去冒险吧！

关于主要人物

汤姆·史威夫特

本书的主人公——小发明家汤姆，在他很小的时候，他的母亲就去世了。他与父亲住在纽约郊区的夏普顿镇。他热爱发明、勇敢善良，运用自己的发明多次与"快乐打劫者"、安迪等坏人斗智斗勇……

巴顿·史威夫特

史威夫特先生是汤姆的父亲，是一位上了年纪的发明家。他深深地影响了汤姆的爱好和性格。无论是去大西洋底寻宝，还是去阿拉斯加找黄金，他在精神上、行动上全力支持了汤姆。他是一位慈爱的父亲。

维克菲尔德·戴蒙

戴蒙先生是一位幽默大师。这位年长宽厚的老人有一句逗人的口头禅，那就是"可怜的……"。每当他说起这句话，总能让紧张的气氛变得轻松。

易瑞德凯特·辛普森

瑞德是汤姆家的仆人，一个黑皮肤的老头。他有一个"老伙伴"，哈哈，其实就是一头倔强而忠诚的骡子，绰号是"回飞棒"，他和他的"老伙伴"多次帮助了汤姆。

尼德·牛顿

尼德是一名银行职员，也是汤姆的发小。他和汤姆去各地冒险的时候，每次遇到危险，他总是不离不弃，为汤姆排忧解难。

玛丽·尼斯特

玛丽，汤姆的好朋友，在一次"车祸"中，汤姆奋不顾身地救下了她，从此他们相识了。随着年龄的增加，他们之间的友情逐渐升华……

本丛书的作者爱德华·史雀特梅尔是美国著名的儿童小说作家，居世界多产小说家之列，一生独自完成1300部创作，销售量高达5亿册。他的小说被文学评论家誉为"少年知识成长小说"，开启了20世纪初到20世纪60年代儿童小说的黄金时代，震撼了全世界几代人的心灵。

《小发明家汤姆全球大冒险》丛书由全国外语专家字斟句酌、精益求精翻译而成，其中第一册《摩托车上的乐趣与冒险》由兰州交通大学外国语学院畅青霞老师翻译，第二册《卡洛帕湖上的竞争对手》由兰州交通大学外国语学院李红梅老师翻译，第三册《"红云号"飞艇的惊险旅程》由西北工业大学航空学院惠增宏老师翻译，第四册《寻找深海里的宝藏》由兰州交通大学外国语学院刘周莉老师翻译，第五册《新型电力小轿车》由兰州交通大学外国语学院赵娟丽老师翻译，第六册《地震岛上的幸存者》由兰州交通大学外国语学院邓茜老师翻译，第七册《幽灵山的秘密》由兰州交通大学外国语学院杨红老师翻译，第八册《阿拉斯加冰洞里的黄金》由兰州交通大学外国语学院代志娟老师翻译，第九册《空中飞艇大比拼》由河西学院外国语学院郝玉梅老师翻译，第十册《非洲丛林中的大冒险》由吉首大学外国语学院牟佳老师翻译。在此，对所有为本丛书付出心血的老师们表示衷心的感谢。

目录

Contents

Contents

第一章

尝试新的冒险

"尼德,你今晚有时间吗?"汤姆站在夏普顿银行里的柜台前问他的好友。

"有啊,今晚我没什么事做。"尼德一边回答,一边将几捆钞票摞起来,"为什么这么问?"

"我想请你到我家去一下。"

"你举办了一个派对,还是有其他让人惊喜的事?"

"不,我是想让你看一样东西。"

"是你的新发明吗?"

"呃,也算不上是新发明,你之前见过的。不过,改进之后的新电动步枪你还没见过。我的住处有一个射击场,如果今晚你没有别的事，我们可以去打几枪试试。"

"我今晚没事，很乐意去试试。话说回来，汤姆，你来银行还有别的事吗？准备存钱吗？"

"是的，我刚存了一笔钱。我把空中赛艇的专利卖给了政府，从政府那里得到了一些钱。我和我爸爸暂时还没找到更好的投资方式，所以打算先把钱存起来。"

"太好了！你还有多少钱？都存这里吧。"在这家银行，尼德也持有一小部分股份。他说完就大笑了起来，汤姆也跟着笑了。

"好吧。那么，今晚我在家等你。"汤姆说完，转身准备离开银行。

"嗯，好的。对了，你最近有没有安迪·佛格的消息？"

"没有，自从上次在飞鹰公园举行的航空比赛中输给我以后，他就离开了小镇，我也再没听到过他的消息。"

"我听说他去了欧洲。"

"他去了欧洲吗？哦，我想起来了，上次比赛他败给我之后就吹嘘着说要去，但那时我以为他只是随便说说。"

"不，这次他真的去了。"

"是吗？对我来说，这可真是件好事。他驾驶着他自己的飞机去的吗？"

"是的，他此行的目的也和飞机有关。你知道，安迪的爸爸提供资金建造了这架飞机，而这架飞机的真正发明者是兰德巴切先生，他是位德国人。兰德巴切先生觉得自己有办法向德国或者是其他欧洲国家推销他发明的机器，作为投资方的佛格先生当然想派一个代表过去，而安迪正好想去欧洲，于是，佛格先生就让他儿子去了。"

"去了最好，这样他就不会再来找我的麻烦了。好了，我必须得走了。期待你今晚的到来。"汤姆向他的朋友挥了挥手，便匆忙走出了银行。

走出银行后，汤姆跳进了他停在街边的电力小轿车，就在他准备启动的时候，他看见一个卖早报的报童，报童手里正在售卖的报纸是通过早班火车刚从纽约运过来的。

"过来！杰克，给我一份《纽约时报》。"汤姆向那个报童喊，然后给了报童 5 美分。汤姆瞥了一眼头版，留意了一下标题后，启动了他的急速轿车。不一会儿，他就到家了。

"爸爸，我已经把钱安全存起来了。"他对正在书房里看书的父亲说，"在我们有下一笔现金收入之前，可以暂时不用担心窃贼会光顾了。"

"说得对。同时，我为你这次能获得如此巨额的回报而感到高兴。"史威夫特先生微笑着说，"我生病以来就没再做什么，汤姆，全靠你了。"

"不用太担心，爸爸。你很快就会好起来的，然后还能像以前那样忙忙碌碌。"汤姆之所以这样说，是因为史威夫特先生心脏不好，最近还做了一个大手术，尽管他也是一位资深的发明家，但现在几乎什么也不能做。幸运的是，他儿子的发明能够为他们不断创造收入，比如这次汤姆发明的"蜂鸟号"——一架敏捷的单翼飞机，已经被美国政府收购了。事实上，汤姆取得的专利费，加上他在之前的探险中获得的钻石和黄金，已经使他非常富有了。

"我再也不会像以前那样忙碌了，"史威夫特先生继续说，语调略带伤感，"但是汤姆，只要你能不断发明出新的机器，我也没什么好遗憾的了。顺便问一下，你的电动步枪进展得怎么样？我最近都没听你说起过。"

"差不多完成了，爸爸。我们那次去冰洞的旅行中，电动步枪就已经能够使用了。这次，在之前的基础上，我对它又进行了改进。今晚，我打算做一次严格的测试，尼德也会来。或许我们还会找出一些需要改进的地方。不过，我认为应该找不出什么不足了。"

"这么说，尼德会来看你测试电动步枪，对吗？你应该把戴蒙先生也请来祷告一下。"

"是啊，我也是这么想的。事实上，戴蒙先生随时都可能会来，你永远都无法知道他会在什么时候出现。爸爸，你现在觉得好点了吗？"

"嗯，我好多了，可要彻底好起来还得一段时间。现在还是和我说说你的电动步枪吧。"

接着，汤姆把最近对这个武器做的一些改进告诉了爸爸。

午饭时间到了，汤姆很快吃完饭，然后去了一间建造飞机和飞艇的车间——他的电动步枪就是在这里设计并组装起来的。

"我今晚就要进行测试，"汤姆自言自语道，"我想看看，电动步枪射击假人后会有什么效果。或许我该弄个稻草人，往里面填满稻草。还是叫瑞德过来帮帮忙吧。""瑞德，嗨，瑞德，你在哪里？"他喊道。

"我在这里，汤姆先生！我在这里！"易瑞德凯特从牲口棚后面绕了出来，里面住着他的骡子回飞棒，"是你在叫我吗，汤姆先生？"易瑞德凯特问道。

"是的，瑞德，我想让你帮忙扎个稻草人。"

"哦，汤姆先生，稻草人吗？天哪！你要稻草人做什么用呢？你又没有种植谷物，不是吗？"

"是的，但是我想找个东西射击，尼德今晚要过来。"

"找东西射击？为什么，汤姆先生！天哪！你们不会是要决斗吧？"

"不，瑞德，我只是想找一个真人大小的靶子来试试我的新电动步枪。这里有一些旧衣物，你帮忙做个稻草人，没有比这更好的法子了。今晚就要弄好，然后把稻草人立在射击场的远端。"

"好的，汤姆先生，我会照办的。"汤姆交代完易瑞德凯特该怎么做后便回到屋子里，开始读早上买来的报纸。

他浏览了一遍报纸，本以为可以看到一些关于安迪·佛格和德国人驾驶飞机出国的消息，但什么都没找到。

"我多么希望我也能出国。"汤姆叹息道，"我应该尽快找点事做。自从上次驾驶我的空中赛艇在飞鹰公园的比赛中获奖之后，我就再也没有去冒险了。上帝啊，那次真的很刺激！要不是考虑到爸爸病重的话，我还想再有一次这样的经历。"情况是这样的：就在上次飞行比赛之前，汤姆用"蜂鸟号"将一位名医爱德华·亨德里克斯及时带到了父亲的病榻前，从而保住了父亲的生命。

"我好想尝试新的冒险，"汤姆一边翻阅着报纸一边自言自语，"照我现在的收入，我也有足够的钱去周游世界。对，我真得找点刺激。哈哈，这是什么？非洲丛林有大量的野生动物，如大象、狮子、野牛等。"

这篇文章的内容深深地吸引了汤姆，他接着往下读，越读越起劲儿。只见他两眼放光，然后呼喊着："我就要这样的刺激，去非洲打猎！哈哈，带着我的新电动步枪，驾驶我的新飞艇，在非洲这片土地上还有什么我不能做的呢？再没有比去非洲更好的选择了！不知道尼德会不会和我一起去？戴蒙先生肯定会的。去非洲打猎！驾驶着我的新飞艇。就这么决定了！"

第二章

试用新枪

自从上次参赛以来已经过去几个月了。期间，汤姆什么都没做——确切地说，他只是在潜心研究他的新步枪。对于这样一个喜欢刺激和冒险的青年，此刻我们应该可以理解他为什么叹气了。

"嘿，汤姆，你在想什么？"那天晚上，父亲在晚饭的时候问他，"什么事让你发愁呢？"

"没什么事，爸爸。"

"你是害怕尼德来测试电动步枪时发现它不像你预想的那样成功吗？"

"不，不是这件事，爸爸。不过，我想我还是告诉你吧。

我在报纸上看到了一则关于非洲丛林的报道，我……"

"好了，汤姆！我知道你想说什么了，"史威夫特先生打断他，"你想带着你的新步枪去非洲？"

"哦，爸爸，你说的不全对……是这样……"

"汤姆，不要再否认了，"史威夫特先生笑着说，"放心吧，我不会反对你的。"

"我确实很想去，爸爸，"汤姆真诚地说，"但是我想等你身体好些了，我再考虑这件事。"

"不要担心我，汤姆。我不想成为你的绊脚石。你要是想去非洲的话，明天就动身吧，带上你的新步枪。"

"步枪的事没有什么问题，爸爸。不过，如果我要去的话，我想驾驶一架飞艇。新飞艇很快就能完成了，我已经为它取名为'黑鹰号'。"

"当然，你也没那么着急，对吧？"史威夫特先生问，"你还是先去完成你的'黑鹰号'吧，然后再去旅行。连我都想去了。"

"我希望你也能去，爸爸。"汤姆急切地说道。

"不，儿子，这次我就不去了。我想待在这里好好养病。等病好了，我就可以继续研究我的无线电机了。也许等你驾驶着飞艇，满载着猎物从非洲回来的时候，我的无线电机也完成了。"

"好吧。"汤姆表示认同，"爸爸，我会好好考虑这件事。

但是现在我还得看看电动步枪的状况，然后……"

就在这时，前门的一连串铃声打断了汤姆的话，女管家巴盖特夫人随即去开门。

"应该是尼德·牛顿吧。"汤姆嘀咕着。不一会儿，他的好友就进来了。

"哦，我是不是来得有点早了，"尼德说，"你们还没吃完晚饭吧，汤姆？"

"刚吃完，我们这就去试枪吧。"汤姆回答道，然后他将最新的打算告诉了尼德。

"哎呀！那简直太棒了！"尼德兴奋地说，"我也想去！"

"来吧！"汤姆热情地邀请，"这次旅行会比冰洞之旅更有趣的。"尼德也参加了那次阿拉斯加之旅。

这两个青年来到了外面的一个棚子里，射击场就设在里面，电动步枪也放在里面。易瑞德凯特已经在射击场的一端竖起了一个稻草人。

"现在我们试几枪吧，"汤姆说着，从箱子里取出电动步枪，"盖瑞特先生，再多开几盏灯，好吗？"盖瑞特先生是位工程师，他受雇于史威夫特父子。听到汤姆的吩咐后，他又开了几盏灯。

现在，射击场灯光明亮，几束光聚焦在那个被填充饱满的假人身上。除了脸部以外，这个假人简直和真人一样，它静静地站在射击场的一端。

"瑞德，你该不是要过去扶着稻草人，然后等我开枪吧？"汤姆一边开玩笑地问着，一边为开枪做着准备。

"不，说真的，我不想！"易瑞德凯特大喊着，"请原谅，汤姆先生，我想我该走了。"

"你要去做什么呢？"看见易瑞德凯特慌慌张张地准备离开这个临时搭建的射击场时，尼德问道。

"我想我该去给我的骡子回飞棒取些稻草垫垫窝儿！"易瑞德凯特说完就匆忙从大门溜了出去，"咣"的一声把门关上了。

"瑞德很紧张，"汤姆说，"他不喜欢这把枪。也对，它的杀伤力确实大。"

"这把枪怎么用？"尼德看着枪好奇地问。从外表上看，这把电动步枪和普通的重型步枪没什么区别，就是枪管长一些，枪托部位大一些；枪托部位有旋钮、控制杆、传动装置和测量仪。

"它靠电力工作，"汤姆解释说，"也就是说，能量来源于一股强大的储蓄电量。"

"那么，在枪托里你放了蓄电池吗？"

"确切地说，它并没有电池，但有无线的电流产生，这些电流像压缩了的空气或气体一样被储存在一个圆筒里面，随时可以根据需要来释放。"

"要是这些电流被你全部释放完了，该怎么办？"

"用一个小型发电机继续发电。"

"射出去的是铅弹头吗？"

"不是的，根本就没子弹。"

"那它的杀伤力来自哪里？"

"你把存在枪管里的电流聚集成一股强大的力量射出去，杀伤力就出现了。虽然看不到它，但它确实存在，就像把5000伏特的电量聚集成子弹大小的一颗小球，然后让它穿越一定的空间距离去打击目标。好了，我们马上就可以看到效果了。盖瑞特先生，麻烦你把那块钢板放在稻草人的前面，好吗？"

这位工程师走上前去，把一块钢板放在那个假人前面。

"你该不是要射穿那个东西吧？"尼德惊讶地问。

"当然了。这种电子脉冲子弹可以穿过任何东西，就如同X射线穿过砖头一样轻而易举。这也正是这把电动步枪的特别之处。你不必看见你的射击对象，可以毫不夸张地说，即使隔着一间房你也可以射击目标。"

"我不得不说这很危险。"

"是很危险，但只要我用一个自动装置来精确控制一下电流的射程就可以了，如果超出了限制范围，它会马上停下来，不会对这个范围以外的事物造成任何伤害。子弹射穿钢板后面的稻草人之后，会继续前进，穿过途中所有的物体，一直到能量被消耗完。虽然我说它是'子弹'，但这么说其实并不确切。"

"我的天哪！汤姆，这确实是一个很危险的武器！"

"我承认，限制射程范围的想法之前并没有过，这段时间我就是在做这方面的研究。电动步枪还有许多别的特点，最特别的是它能射出耀眼的能量光球。关于这些，我待会儿再给你解释。现在，我们还是来看看它的实际效果吧。"

汤姆站到射击场的一端，开始调节枪上的阀门和控制杆。虽然它比一般的步枪要大一些，但并没有常见的武器那么重。

汤姆开始向钢板瞄准。虽然他看不见稻草人，但是通过枪上的自动装置，他还是能准确地判断是否瞄准了目标。"我要开枪了！"他突然大喊一声。

尼德赶紧向他的好友这边看过来。只见汤姆按了一下枪管侧面，差不多也就是扳机那个位置的一个按钮，可是没有一点声音、烟雾，或是火焰，甚至连一点轻微的震动都没有。

然而，尼德还是注意到那块钢板轻轻地动了一下。然后，眨眼间稻草人就变成碎片飞了起来。稻草、破布和旧衣服像雪片一样从空中飘下，在射击场的另一端堆成一座小山。

"汤姆，你已经将那个家伙解决了，太棒了！"尼德惊呼。

"看样子是的！"汤姆掩饰不住内心的自豪说，"现在，我们再来试一枪吧！"

他把枪放在一边，准备帮助盖瑞特先生移动钢板，却听到外面传来很大的叫喊声。

"怎么回事？"汤姆警觉地问。

"听起来好像有人在叫骂。"尼德回答。

"是的，"盖瑞特先生也这么认为，"也许是瑞德的骡子跑了吧。我想，我们最好还是……"

他还没说完，就听见外面喊声更大了。汤姆和尼德听见有人在喊："你会为此吃官司的！我会让人拘捕你，汤姆·史威夫特！你为什么想谋杀我？你在哪里呢？不要躲躲藏藏的。你想用枪射杀我，我不会就这么算了的！"

随后听见有人在敲打射击棚的门。

"是巴尼·莫克！"汤姆说，"到底是怎么回事啊？"

第三章

高难度测试

汤姆打开这间临时搭建的射击棚的门，向外面看了看。这时，繁星满天，一轮明月悬挂在夜空，月光倾泻下来。汤姆看见一个男人站在门口，他的脸因为愤怒而变得扭曲，并向汤姆挥舞着拳头。

"你为什么向我开枪？"他逼问着，"你什么意思？说呀，是想吓唬善良的邻居，制造世界末日的恐慌吗？你究竟是什么意思？为什么不回答我？汤姆·史威夫特！你为什么不回答我？"

"因为你没有给我回答的机会，莫克先生。"汤姆回答道。

"你为什么向我开枪？回答我！"莫克先生的尖酸刻薄在

小镇上是出了名的。他一个人住在汤姆家隔壁的一间小屋子里。此刻，他又一次在汤姆面前挥舞着拳头，大喊着："你为什么不回答我？为什么不呢？"

"给我机会，我自然会回答的！"汤姆终于忍不住也喊了起来，"请你冷静一下，进屋来，告诉我到底发生了什么，然后我会很乐意回答你的问题。莫克先生，我并没有向你开枪。"

"不，你开枪了！你企图在我身上打一个洞！"

"能告诉我具体情况吗？"等到这个激动的男人情绪稍微冷静一点儿后，汤姆问他，"你受伤了吗？"

"没有，但这并不意味着你就可以逃避责任。你确实想干掉我。当时，我正坐在桌旁看书，突然好像有什么东西穿过了墙壁，从我耳边'飕'地飞过，我的头发也跟着竖了起来，然后又穿过了房子的另一面墙。汤姆·史威夫特，你用的那是什么子弹？对于这种子弹，我很好奇。子弹穿过我的房子，却什么痕迹也没留下。我想知道这到底是什么子弹。"

"只要你给我机会，我会告诉你的，"汤姆疲倦地重复道，"你怎么知道是我开的枪呢？"

"我怎么会知道？哼，这个射击场的末端不是正对着我的房子吗？这是毫无疑问的事，你休想否认！"

其实，汤姆并不是故意的。

"你到底是什么意思？"莫克先生继续追问。

"如果我的电动步枪的子弹差点伤到你，那绝对是个失误。

为此，我向你道歉。"汤姆说。

"哼，我确实差点被你杀死。"情绪激动的莫克先生说，"子弹刚刚擦过我的耳边。"

"我不明白为什么会发生这种事。"汤姆说，"我当时正在试用我的新电动步枪，但我已经设置了 60 米的距离限制，正好是射击场的长度。"

"但它确实穿透了我房间的墙壁，"莫克先生坚持说，"虽然没留下孔，但是墙纸被烧焦了一小块。"

"我还是不明白，"汤姆说，"子弹怎么会飞到那么远的地方？测量仪上明明设置的是 60 米啊！"他突然停止说话，慌忙跑到步枪所在的地方，然后一把抓起武器，看了看测量仪的表盘，紧接着大叫一声。

"很抱歉，莫克先生，你说得对！"他接着说，"我犯了一个错误，把射击距离设置成了 600 米，而不是 60 米，我忘记把它调整过来了。电流先是穿过钢板，然后再穿过稻草人，并将稻草人摧毁，最后才穿过你的房间。"

"我就知道你想干掉我！"莫克先生依旧生气地叫嚷着，"我会让你负法律责任的！"

"你简直是一派胡言！"尼德突然插话，"所有人都知道汤姆是不会害人的，包括你，莫克先生。"

"那他为什么向我开枪呢？"莫克先生反问道。

"这只是一个失误，"汤姆解释说，"我为此再次向你道歉。"

"哼！你肯定对我有所企图，所以才想杀掉我！"这个小气鬼咕哝着，"我要把你告上法庭。"

"不可能！"汤姆叫着说。

"怎么不可能？"莫克先生反过来逼问。

"因为我对这把步枪做了设置。子弹所有的能量几乎都消耗在摧毁那个用来做试验的稻草人身上。"汤姆解释说，"穿过你房间的只是少量的电能，即使它射到了你，那也只不过是虚惊一场，和你在手里拿着一个电池的感觉差不多。"

"这个我怎么知道？"莫克先生狡辩道，"你想怎么解释就怎么解释，但我知道的是你想杀害我。"

"我为什么要害你呢？"汤姆差点笑了出来。

"因为你想得到我的财产，当然我也没什么财产。"这个小气鬼马上又说，"不过，人们都以为我很富有，所以我一直保持警惕，以防有人谋害我。"

"我不会这么做的，"汤姆再次声明，"这只是一个失误。只有一小部分能量从你身边擦过。要是能量真的够强大的话，你就不会出现在这里了。经过我的设置，大部分能量都消耗在稻草人上面，事实也确实如此。你可以看看稻草人都变成什么样了。"他指向那一堆破衣服和破布料。

"我怎么知道？"这个小气鬼恶狠狠地朝两个青年瞥了一眼，坚持说。

　　"因为主要的能量都集中在了稻草人身上，看看那些破碎的布料和稻草，能量在穿过稻草人后已经大大衰减了，不会对你造成伤害，"汤姆解释说，"按道理来说，能量会先摧毁这块钢板。然而，子弹穿过钢板之后，钢板却几乎完好无损。这是为什么呢？看这边，我现在要短距离射击一次，让它去摧毁这块钢板。看好了！"

　　汤姆快速调整好他的武器，瞄准了钢板。这次，汤姆很小心地设置了距离限制，哪怕微乎其微的能量也不会再跑到射击场之外了。

　　汤姆按了一下按钮，然后那块厚重的钢板马上变弯、裂开，就好像有一枚小炮弹穿过似的。

　　"这就是电动步枪短距离射击的效果，"汤姆说，"不要担心，莫克先生，你并不是死里逃生。我为你受到的惊吓而感到抱歉，但你的处境一点也不危险。"

　　"哼！这么简单就想了事？"这个小气鬼叫着说，"不管怎么说，我会告你破坏我的财产，看看我的墙纸都被烧成什么样了！"

　　"噢，我会赔偿你的，"汤姆说，因为他不想和这个难缠的人再发生什么纠葛，"10美元，你看行吗？"他心里清楚，用这笔赔偿金买来的墙纸足以把莫克先生家里所有的墙纸都换一遍，他也明白那点墙纸的损失根本就不值这么多钱。

　　"好吧，如果你愿意赔偿我12美元的话，这件事就作罢了，"这个小气鬼狡猾地提议，"虽然我的墙纸只值 13 美分，但是我想要 12 美元。汤姆·史威夫特，这样我就不会去告你了。"

"好吧，就赔你 12 美元。"汤姆回答，然后马上把钱递给他，迫不及待地想把这个讨厌鬼打发走。

"记住，以后开枪可不要再犯这种错误了。"莫克先生把汤姆给的钞票小心折好，临走的时候还不忘提醒汤姆。

"哇！太不可思议了！"过了一会儿，尼德评价道。

"当然了！"汤姆赞同地说，"电动步枪的威力比我想象的还要大，我还是小心为好。当时，我真的确信我设置的距离是 60 米。我应该再发明一个自动装置，防止测距仪在设置有误时子弹被发射出去。"

"那么，测试就这样结束了吗？"尼德问。

"还没有，其实我想让你也试试，我在一旁看着，"汤姆说，"我们没有别的稻草人来射击了，但是我会给你再弄些靶子。试着开一枪吧，试试运气。"

"我怕再打扰到莫克先生，或者是别的邻居。"

"没事的，我刚才已经调好了。开一枪吧，看看能不能击碎这块钢板。"汤姆说着在射击场的一端立起一块小一点儿的钢板。

接着，汤姆把电动步枪调好后交给尼德。一切就绪后，汤姆挪到场上安全一点儿的地方站好，准备观看射击。

"开枪吧！"汤姆喊道。尼德应声按了下按钮。

结果令人非常惊叹。虽然没有声音、没有烟雾，也没有火焰，但是那块钢板马上卷曲起来，然后像熔化在火里似的倒了下去。钢板的中心开了一个锯齿状的孔，不过，钢板后面那些不算结实的木板却没有像想象中那样裂成碎片。

"好枪法！"汤姆激动地说，"这次，我总算是把距离设置成功了。"

"是的。"尼德赞同地说道，"经过距离设置，电动步枪的子弹穿过钢板后，立刻停了下来。接下来，我们要做什么呢？"

"我打算再进行一项难度比较高的测试，"汤姆解释说，"还记得我说过这把枪可以发射出电光吗？"

"记得。"

"那么，我现在给你演示一下吧。要是有合适的材料用来射击就好了。噢，用个大木货箱也不错，就当那是猎物吧。听着，这项测试会很复杂，就像我们去非洲打猎时可能遇到的情况一样。我需要你的帮助。"

"我该怎么做呢？"尼德问。

"你到外面去，"汤姆解释说，"这个棚子后面有一个小土丘，土丘下面放着一个木货箱。你重新放置箱子，不用告诉我箱子的位置。然后，我会利用电光找到这个箱子，再测好距离摧毁它。"

"但是，在月光下你还是能看见箱子？"尼德说。

"不！此刻，月光正被乌云遮着呢，"汤姆向窗外看了看说，"现在，外面很黑，正适合进行这项测试。"

"汤姆，外面一片漆黑，一旦开枪，会不会发生危险？如果距离判断再次出现失误的话，电动步枪的子弹伤到人怎么办？"

"不会的。在开枪之前，我会设置好射程。即使是我一时疏忽大意，子弹最多会击中小土丘，不会继续往前飞，所以没有危险的。尼德，放心吧，盖瑞特先生会帮你的。放好箱子后再来告诉我。"

尼德和盖瑞特先生从射击场出去以后，发现外面确实如汤姆所说，漆黑一片。在这样的夜晚，在一定的距离之外，如果汤姆还能射击到箱子，那么就可以证明这把电动步枪正如汤姆所言，神乎其神了。

"就用这个箱子。"在棚子外面，盖瑞特先生指着一个木箱子说。接着，他们合力把箱子调整到一个新位置。移动箱子的过程中，他们几乎看不见路，甚至有几次差点被绊倒。不过最后，箱子还是放到了该放的地方。事情办完以后，尼德就赶快去通知汤姆。接着，一项高难度的测试就要开始了。

第四章

超大的猎物订单

"一切准备就绪了吗？"汤姆拿起他的电动步枪，随尼德走到院子里问道。外面太黑了，他们只能一路摸索着前进。

"是的，我们都准备好了。"尼德回答，"汤姆，如果你能完成这项测试的话，你一定会成为轰动一时的大人物。现在，站在原地别动。"尼德尽最大努力辨认出一块地方说，"箱子就在周围的某个地方。"然后，他又挥了挥手。在黑暗中，他的手若隐若现。"别的我就不多说了，我们倒要看看你怎么找到大木箱子。"

"放心吧，我会的——或者更确切地说，我的枪会找到它的。"汤姆说。

汤姆，这把神奇而又危险的武器的发明者，根据枪的指示找到了正确的方位，尼德和盖瑞特先生站在他的身后。就在汤姆准备开枪的那一刻，他的父亲突然出现在黑暗里，朝他们喊着："你在那里吗，汤姆？"

"是的。爸爸，有什么事吗？"

"没有，我只是想看看你的运气怎么样。瑞德说你要在黑暗里进行一项测试。"

"我已经差不多准备好了，"汤姆回答，"我打算击碎一只我看不见的箱子呢。爸爸，你应该知道是什么原理吧？在完善电动步枪的电光装置的时候，你还帮过我的忙呢！现在，大家都看好了！"

汤姆举起电动步枪，在黑暗里瞄准目标。尼德则睁大眼睛看着远处，远处一片黑暗。其实，他知道汤姆已经把枪对准了6米开外的箱子，但他什么也没说。因为按以往的经验来看，他了解汤姆——汤姆知道自己在做什么。

汤姆转了转枪上的齿轮。齿轮发出咔嚓咔嚓的声音，紧接着一声轻微的噼啪声传来，听起来就像远程无线电仪器向空中发送信息一样。

突然，一个小小的淡紫色光球从黑暗中穿出，然后不断加速前进，就像一颗微型流星，持续散发着耀眼的光。地面和周围的物体像被一道闪电照亮了。

过了一会儿，光更强了，像升入高空的烟花一样开始爆裂。

一道强光闪过，棚子附近的各类建筑物都清晰地呈现在眼前。这道光很奇特，尼德和其他人的脸色显得很苍白，神情显得格外惊恐，箱子自然也暴露无遗。

在亮光消失之前，他们看到了令人称奇的一幕。那个笨重的大木箱像融化了似的，先是塌陷下去，然后像纸张一样皱了起来。在最后一丝光线消失前，这些观众看到木箱噼里啪啦地裂开，碎了一地。

紧接着是一片安静，在刚才亮光的对比下，夜色显得更加暗了。汤姆难以掩饰内心的喜悦，发出胜利者的呼喊："看，我做到了吧！"

"是啊，你做到了！"尼德激动地欢呼。

"干得不错！"史威夫特先生也大声说。

"太好了！这样一来，我再也不用担心我的骡子被窃贼偷去了！"易瑞德凯特嘀咕着说，"汤姆先生，大木箱子已经被你的电动步枪击得粉身碎骨了。"

"那就是我的目的。"汤姆接着说，"我看今晚的测试就到此为止吧。"

于是，大家都走向史威夫特家，只有易瑞德凯特去牲口棚看他的骡子。

"但我还是不太明白，"尼德说，"汤姆，你有两种子弹吗？一种是晚上用的，一种是白天用的吗？"

"不是的，"汤姆回答，"只有一种子弹。像我之前所说的，其实那也算不上是子弹。你看不见它，也触摸不到它，但可以感觉到它。严格地来说，那是无线电流对着目标物的集中释放。虽然有时候我们能看见一个小火球，但它像闪电一样，瞬间就消失了。这把电动步枪的子弹像是人造闪电，区别就在于这种闪电是看不见的。"

"但是刚才我们明明看见了那颗子弹啊！"尼德反驳说。

"不，你并没有看到子弹，"汤姆说，"你看到的只是我在开枪之前发射出去的照明光，它可以帮助我找到目标物。那是电动步枪上的另外一个组成部分，只适用于晚上。我发射电光，是为了发现目标物或是敌人的藏身之所。然后，我的步枪会自动准备好电能，我只要按一下按钮，'子弹'会紧随光球发射出去。明白了吗？"

"真是绝了，"尼德大笑着说，"这把枪用来打猎真是再合适不过了，因为大多数野兽都是在夜晚出没的。"

"这也是我发明这把枪的目的之一，"汤姆说，"现在，我真希望它能尽快派上用场。"

"你不打算去非洲打猎了吗？"史威夫特先生问。

"我当然要去，"汤姆说，"但是我还没有制定出明确的计划。先进屋里去吧，尼德，我会给你详细解释电动步枪的工作原理的。"

于是，这对好朋友展开了关于神秘的新武器的大讨论。史威夫特先生和盖瑞特先生也对他们的谈话很感兴趣。尽管他们之前见到过电动步枪，并且还帮助汤姆进行了完善，但对于电动步枪优点的讨论他们仍然乐此不疲。

那天晚上，尼德在史威夫特家逗留了很长时间才走。离开时，他说他第二天还要再过来继续观看射击。

第二天，汤姆不仅把电动步枪的神秘之处告诉了尼德，还教会了尼德如何向那个看起来非常奇怪的枪托里储存足以致命的电量。

接下来的一个星期，为了防止第一次试验时出现的不幸事故再次发生，汤姆和尼德不停地练习使用这把令人胆战心惊的电动步枪。他们本来就擅长使用各种普通的武器，在经过一周的短暂练习后，对于驾驭这种新式武器，他们就显得游刃有余了。

那是一个温暖的午后，汤姆正在房屋侧面的空地上用电动步枪射击大箱子。这时，他发现一个陌生的老先生正靠着篱笆观看他练习。远处的一个大箱子被击碎后，陌生人向小伙子喊道："很抱歉，打扰一下，你用的是硝化甘油①吗？"

"不，是电动步枪。"汤姆回答道。

"你可以给我详细讲解一下吗？"老先生继续问。

由于汤姆的电动步枪已经申请过专利，所以汤姆不介意为老先生讲解。他热情地邀请老先生再走近一点，以便能近距离

---

① 硝化甘油，由甘油经硝酸与硫酸的混合酸酯化制得，是一种爆炸能力极强的猛性炸药。——译者注

观察他使用电动步枪。

"这是我见过的最神奇的武器！"汤姆击碎另外一只箱子时，老先生激动地呼喊着。然后，汤姆还把夜晚照明用的电光球告诉了老先生。"这也是我听过的最神奇的功能！用在我的工作上真是再合适不过了。"

"你是做什么的？"汤姆好奇地问。他注意到老先生尽管上了年纪，但精力充沛，且皮肤是皮革般的褐色，这表明他经常在户外活动。

"我是一个猎人，"老先生回答，"捕杀大猎物的猎人。我在非洲刚刚进行了一次旺季捕猎。不久之后，我还要返回非洲。这次回国，我想找一把射程更远的新枪。现在，我住在沃特菲尔德的妹妹家。今天，我本想出来散散步，但是走着走着就走远了，恰巧经过这里。"

"你在沃特菲尔德有个妹妹，对吗？"汤姆问。在沃特菲尔德，这位老猎人有没有遇到过戴蒙先生，对此，他不得而知。

"你什么时候回非洲？你叫……"汤姆不知该如何称呼老先生，一时有点不知所措。

"我姓德本，全名为亚历山大·德本。"老先生说，"再过几周，我就要回非洲了。我已经收到了一桩猎物的订单。纽约的一位富翁请我弄一批猎物，我想马上履行这份合约。现在，捕猎与以往已经不可同日而语了，竞争越来越激烈，动物越来越少，所以我得快点行动。我已经弄到了一把新枪，可是我的天哪！和你的枪相比，我的新枪简直一无是处。如果能有一把你这样的枪，在非洲捕猎就更顺利了。甚至到了夜晚，我都可以继续捕猎。在非洲热带丛林里，夜晚捕猎可是一件非常困难的事。年轻人，现在看起来，再没有另一把枪比你的这把更适合我了。不过，我想这把枪一定价格不菲吧？"他用疑问的眼神看着汤姆。

"这把枪是独一无二的。"汤姆回答，"德本先生，很高兴见到你，我叫汤姆·史威夫特。请进屋里来吧。我相信，我爸爸也很乐意见到你。同时，我有事想和你谈谈。"汤姆非常激动，心潮澎湃。说完，汤姆把这位年长的猎人请进了屋子。

对于汤姆，这是一次很好的机会。或许，他的梦想就要实现了。

第五章

赶造飞艇

在书房里，这位在非洲捕猎的老人受到史威夫特先生的热情欢迎。德本先生不停地称赞汤姆的电动步枪，这让史威夫特先生更加为儿子感到自豪了。

"在发明方面，我的儿子确实创造了许多奇迹。"史威夫特先生说。

"爸爸，我还远不及你呢。"汤姆谦虚地说。

"德本先生，你应该看看他的空中武器。"史威夫特先生建议。

"空中武器？什么武器？"德本先生问，"是另外一种枪还是炮弹？"

"是一架飞艇。"史威夫特先生解释说。

"飞艇！"德本先生惊讶地说，"你不会告诉我你的飞行器是热气球吧？"

"不是热气球。"汤姆回答道。然后，他给德本先生详细地描述了飞艇的外形。

其实，德本先生的惊讶是可以理解的。他常年生活在人迹罕至的非洲热带丛林里，几乎没有机会了解外界的文明和科技进步。"我的飞艇比热气球要先进，"汤姆说，"它可以载你去你想去的任何地方。"

"这太神奇了，这正是我梦寐以求的。"德本先生激动地说，"在非洲，如果说捕猎最需要一种工具，那就是一架飞艇。在密林里穿梭非常困难，我经常为此感到头疼。茂密的森林影响了我对地面线索的观察。如果找到猎物，由于密林让目标逃跑了，再次找到它们至少要花一个星期的时间。所以，在非洲，这种飞艇非常适合捕猎——当然，你的电动步枪也很重要。汤姆，我不明白你为什么没有去非洲的打算。"

"其实，我正好有这个计划。"汤姆回答，"正是因为打算去非洲，所以我邀请你到我家来，想和你谈谈。"

"你真的想去吗？"德本先生急切地问道。

"当然了！"

"太好了，我非常乐意为你服务！哈哈，汤姆，你能和我一起去非洲，我感到很荣幸。有你这样一位捕猎伙伴，我感到很自豪。虽然我不爱吹嘘，但我还是想说，如果你跟那些有名的猎户打听，他们没有几个人会说不认识亚历山大·德本的。"

汤姆意识到，他正和一位有威望的捕猎者交谈。

"你会和我一起去吗？"德本先生问道，"带上你的电动步枪和飞艇到非洲打猎，帮助我弄到一批猎物，好吗？我可答应人家了。"

"我会的！"汤姆爽快地说道。

"那么，我们马上就出发吧！没有必要再耽搁了。"

"哦，可是我的飞艇还没造好。"汤姆说道。

德本先生的脸上浮现出几分失望。

"这样的话，我们只好放弃这个计划了。"德本先生遗憾地说道。

"不用。"汤姆连忙说，"建造飞艇的材料我手头都有，飞艇模型我也早已设计好了，与此同时，许多前期工作也已经完成了。我暂停建造飞艇是为了完善这把电动步枪。现在，电动步枪已经完全制造好了，接下来我会集中精力继续建造'黑鹰号'。用不了多久，我就能造好它。"

"'黑鹰号'？"德本先生重复着，脸上充满了疑惑。

"是的。这是飞艇的名字，我亲自命名的。以前，我有一架叫'红云号'的飞艇，可惜它毁掉了。我想给新造的飞艇换个名字，希望可以避免坏运气。"

"太好了！"德本先生说，"你大概什么时候能造好？"

"哦，差不多一个月吧，也许会更快一些。飞艇一造好，我们就可以去非洲打猎了！"

"可怜的桃木梳！"突然，书房外面的走廊里传来一个声音，"可怜的指甲！是谁说要去非洲？"

德本先生一脸茫然地看着汤姆和他的父亲。汤姆微笑着走向门口，朝外面喊着："进来吧，戴蒙先生。我这里有一位客人和你住在同一个地方。"

"是我太太吗？"戴蒙先生问道，"她说要去娘家待几个星期。我一个人在家里闲着没事，于是，就来找你了。我一来就听说你要去非洲。这里有人是从沃特菲尔德来的？是我太太吗？"

"不是。"汤姆笑着回答道。

"可怜的牙签！"戴蒙先生说着走进屋子，他看到一位头发斑白的老人正坐在汤姆和史威夫特先生中间。"我之前好像见过你，尊敬的先生。"

"有可能。"德本先生坦率地说，"如果你是从沃特菲尔德来的，在大街上你很有可能见过我。我正在我妹妹道格拉斯家做客，但是我不爱待在屋子里，所以许多时间都在外面闲逛。我想念我的丛林，幸好我遇上了汤姆·史威夫特。我们马上就可以去非洲了。"

"是这样吗，汤姆？"戴蒙先生问道，"可怜的钻石矿！那接下来你们有什么打算？"

"还说不准。"汤姆回答,"我要尽快建好我的新飞艇'黑鹰号'。然后,在一个月内,我们将乘着'黑鹰号',带上我的电动步枪,去动物的王国。你愿意同我们一起去吗?"

"可怜的削笔刀!我从来也没想过这种事。我……我……想……不,我也不知道……好吧,我跟你去!"戴蒙先生突然叫着说,"我也要去!非洲万岁!"他跳起来,依次和汤姆、史威夫特先生及德本先生握了握手。经过汤姆的正式介绍,德本先生和戴蒙先生认识了。

"那么,这件事就这么定了。不过,还有一些细节问题需要考虑。"汤姆说,"我把盖瑞特先生叫进来,然后讨论一下如何让飞艇尽快完工。"

"天哪!你们做出决定是如此迅速。这次非洲之行肯定跑不掉了!"德本先生欢呼着说。

盖瑞特先生进来后,汤姆及戴蒙先生和他开始讨论机械方面的事情,而德本先生则给史威夫特先生讲起了他在非洲捕猎期间所发生的趣事。

第二天,汤姆雇用了两个机械师。从第二个星期开始,赶造"黑鹰号"的工作就如火如荼地开始了。德本先生也不停地往汤姆家里跑。期间,他学会了使用电动步枪。

第六章

有关安迪的消息

　　"红云号"这架在冰洞中毁掉的飞艇，其实性能非常不错。在建造"黑鹰号"的时候，汤姆仿照"红云号"设计了许多地方，这样大大节省了时间。不过，经过与德本先生的谈话，汤姆了解到非洲热带丛林的一些特点之后，决定对"黑鹰号"飞艇进行适当的改进。

　　"'黑鹰号'必须能够快速上升和快速下降。"德本先生说。

　　"为什么？"汤姆问道。

　　"在非洲，至少在我们将要去的地方，有大片的森林，而林地里又穿插着大片开阔地。在这种地方，如果你追赶猎物时离地面太近，它们会马上窜到森林里。这时，你就会希望能迅速飞到森林上空去。"

"原来如此。"汤姆说，"那么，我就给飞艇配置一个比较小的气囊。如果气囊过大，空气阻力会影响我们前进的速度。"

"气囊太小，浮力也就小了，会不安全吧？"戴蒙先生急忙问。

"不会的。只要选择一种浮力更大的气体，我们不仅安全，而且还可以迅速上升。"汤姆说，"同时，我要为飞艇保留飞机的一些特点。这样'黑鹰号'就会成为双翼飞机和热气球的完美组合。此外，我还专门设计了一个新式气体制造机。"

这段时间，史威夫特家里忙得不可开交。巴盖特夫人每次在开饭前 5 分钟会按一下用餐铃通知大家出来吃饭，可是没有一个人愿意到餐桌前就餐。

每到这时，汤姆会从工作间里喊着说，等到把某个控制杆安装到位他就会离开工作岗位；盖瑞特先生也不肯提前上桌，直到他把机器某个部位的螺丝拧紧；甚至是史威夫特先生，这个因病而不能多动的人，也老是因为要测试一些新的装置而耽搁用餐的时间。

至于戴蒙先生，他还是和往常一样古怪。他并不是一个专业的技工，但是他也懂一些机械方面的知识，赶造飞艇期间，他帮了大忙。当用餐的铃声响起时，戴蒙先生会情不自禁地大声说："可怜的用餐铃！现在，我还不能离开，我得先把这个电动指示器安装好。"

就这样，大家一直忙碌着，只有易瑞德凯特和他的骡子回飞棒准时就餐。他们总是在中午 12 点整的时候，停下所有的活儿，开始享用午餐。

"要是我不准时吃饭的话，"易瑞德凯特解释说，"我那倔强的骡子会躺在路边的土坑里，一步也不肯挪动，除非喂燕麦给它。这就是我和它一定要按时吃饭的原因。"

"很好，难得还有人明白事理。"巴盖特夫人嘟哝着。

接下来几天，易瑞德凯特和他的骡子回飞棒也起到了很大作用。他驾着骡子，不停地从镇上或是货运站运回汤姆建造"黑鹰号"需要的材料。

汤姆对非洲之行充满了热情。白天，他在工作间辛苦工作，晚上还要读一些有关非洲的书籍，或者坐下来听德本先生讲故事。德本先生从来不缺捕猎方面的故事。他告诉汤姆，狩猎中他多次处于危险的境地，甚至有好几次险些丧命。

"非洲还有比野兽更恐怖的东西。"他说。

"可怜的牙刷！"戴蒙先生尖叫着说，"德本先生，你是说食人族吗？"

"有一些食人族。"德本先生回答，"但他们还不是最可怕的。最可怕的是俾格米人①。希望我们不要落在他们手里。"

"俾格米人！"汤姆疑惑地重复着说。

_____

① 俾格米人是尼格罗－澳大利亚人种中的一个类型。分布在非洲中部，以及亚洲和大洋洲的某些岛屿。俾格米男子擅长打猎。——译者注

"是的，他们通常以部落为单位，过着群居的生活。这些人的个子很小，差不多只有1米高，浑身长满厚厚的红色毛发，所以也叫红色俾格米人。他们活动在非洲中部地区，经常在最适合打猎的地方出没。据说他们野蛮、残酷，而且凶狠。虽然他们个体力量很小，但是团结起来力量很强大。从外形看，他们就像红色的小猿人。要是哪个猎人不幸落在他们的手里，那么悲剧就要降临了。对待俘虏，他们比食人族还要残忍。"

"那么，我们得好好提防他们。"汤姆说，"我想，我的电动步枪会让他们让步的。"

"这是一把很不错的枪。"德本先生承认，"但是那些红色俾格米人非常可怕，希望我们不会遇到他们。不说这个了，汤姆，你的飞艇是怎么建造的？我不太了解机械方面的知识。在我看来，那些机器、仪器和零部件无论如何也组合不到一起。这架飞艇简直就像我在伦敦大街的小摊上看到的那些智力玩具一样复杂。"

"虽然这些零部件看起来很乱，但飞艇马上就要建成了。"汤姆说，"再过两个星期，我们就能把飞艇组装起来，然后进行试飞。"

接下来的几天，汤姆又雇用了一个机械师，建造"黑鹰号"的进度进一步加快。不久，"黑鹰号"就有了飞艇的模样。气囊里充入了少量气体，机翼向两边伸展开来，看起来特别像已经毁掉的"红云号"。

"它会是一架很棒的飞艇！"汤姆绕到工作间的远端换了个角度观察"黑鹰号"，激动地说着，"这次的旅行一定会很愉快。"

"你打算直接驾着飞艇——越过海洋去非洲吗？"德本先生问道，语气中透着几分焦虑。

"哦，不。"汤姆回答，"虽然我相信'黑鹰号'可以载着我们越过海洋，但是我们没有必要冒险。我想先把'黑鹰号'安全运到非洲，然后在动物的王国让它大显身手。"

"那你计划好怎么做了吗？"德本先生又问。

"在夏普顿，我们先把'黑鹰号'组装起来，"汤姆说，"接着，进行几次试飞，看看它到底能不能良好运行。如果运行良好，我们再把'黑鹰号'拆开，打包起来，用轮船运到非洲海岸。我们和飞艇乘坐同一艘轮船，到了目的地后，重新把'黑鹰号'组装起来，再向内陆进发。"

"好主意。"德本先生称赞说，"现在，如果你们不反对的话，我想再练习一下使用这把电动步枪。"

"尽管用吧，"汤姆说，"尼德马上要来了。到时候，他可能也想练习射几枪。在工作间，我继续改进安装在'黑鹰号'上的新型推进器。这种推进器还有些地方我不太满意。"

尼德先前已经答应汤姆一起去非洲。此时，他正朝制造飞艇的工作间走来，手里拿着一张报纸。看到汤姆就喊："你看新闻了吗？"

"什么新闻？"汤姆问。

"关于安迪·佛格的消息。他和他的飞机一起失踪了！"

"失踪！"汤姆惊讶地叫了一声。尽管安迪总是给汤姆制造麻烦，但汤姆并不希望他发生意外。

"确切地说，也不是失踪。"尼德把报纸递给汤姆，继续说，"但是他和他的飞行器一起消失了。"

"消失了？"

"是的。你也知道，他和那个德国人兰德巴切先生去欧洲推销飞机去了。可是，这份报纸上却说他们去了埃及。在埃及，正当他们做高空飞行特技表演时，突然刮起了一阵狂风，飞机失去控制，被风卷走了。"

"吹向哪个方向？海边吗？"

"不，是非洲内陆。"

"非洲内陆？"汤姆大叫着，"也就是我们两周之后要去的地方。安迪竟然也在非洲！"

"在非洲内陆，也许我们会碰到他。"尼德提示大家。

"我可不想这样！"汤姆说。当他再次开始工作时，内心有一种难以言表的恐惧。

第七章

"黑鹰号"试飞成功

"他应该不会被风卷到非洲内陆，但有可能飘到一个很贫穷、很落后的国家。"德本先生说，"当然，非洲有些地方还是不错的。对于我来说，只要有猎物，哪里都是好地方。不过，我想你们的朋友，叫安迪·佛格的，可能看不上这些地方。"

"安迪不是我们的朋友，但我们仍然不希望他出事，尤其不要成为红色俾格米人的俘虏。"尼德说。

"上帝保佑他不要出事。"德本先生附和道。

安迪的事在夏普顿引起了热议，人们对安迪和他的飞机的遭遇有了许多猜测。听说佛格先生打算马上前往非洲营救他的儿子。不过，这仅仅是传闻，并没有得到证实。

　　与此同时，汤姆和他的朋友们没有放缓"黑鹰号"的建造速度。对于建造飞艇的工作，汤姆经验丰富，他非常清楚每一步该怎样进行。

　　戴蒙先生被委托做一些自己能胜任的工作。尽管他在工作的时候总是频繁地可怜他的领带或鞋带，但工作完成得相当漂亮。

　　对于旅行中的物资的问题，德本先生说没有必要在夏普顿采购。他们将在非洲的马祖姆巴登陆，在那里，他们可以买到一切他们需要的物资。他们准备在马祖姆巴组装飞艇，并往里面储存一些食品和物资后再开始他们的旅行。

　　接着，德本先生谈到了前进的路线。他的建议是：先向布卡米拉进发，越过刚果河①，然后再进入非洲的中心地带。

　　现在，"黑鹰号"的建造已经基本完成了。这架新飞艇与"红云号"的构造类似。

　　我们先来说说飞艇上的气囊。气囊由一种轻而坚韧的材料制成，能够容纳足够多的气体。这种气体是汤姆特制的混合气体，可以使载重量很大的飞艇飞起来。气囊上面一前一后有两个巨型的螺旋桨（这也是"黑鹰号"与"红云号"的不同之处，因为"红云号"的两个螺旋桨安装在飞机部分）。有了这两个强有力的木质螺旋桨，正如我们之前所说的，这架飞艇不借助机翼就可以快速飞行。

―――――――――――

① 刚果河又称扎伊尔河，位于非洲中西部，为非洲第二长河。——译者注

不过，由于气囊可能会破，气体也可能因为某种因素外泄，所以汤姆不想仅仅依靠气囊来维持飞艇的浮力。如果不看气囊，这就是一架完美的飞机。换言之，"黑鹰号"保留了飞机的功能。因此，即使气囊空空如也，在机翼的帮助下，"黑鹰号"照样能快速飞行。但是，为了使飞艇借助机翼飞起来，飞艇需要在地面上滑行助跑一段距离。为此，汤姆在飞艇底部还安装了机轮。

飞艇的气囊下面有一个巨大的机舱。机舱被划分成生活区、休息区、餐饮区、物资储存区，还有一间发动机室。

发动机室简直可以说是一个技术上的奇迹。这是因为，在这样一个隔间，里面不仅有气体制造设备和驱动螺旋桨的发动机，而且还有发电机、仪表盘、速度和高度测试仪、电动马达、控制杆、轮盘、钝齿、传动装置、气体储存槽等有趣的设备。

飞艇上有几间私人舱以备飞行员和乘客们使用，除此之外，还有一个供观测和驾驶用的隔间、一间起居室、一间厨房。飞艇在高空行驶的时候，大家可以在起居室里聊天。

厨房是戴蒙先生最引以为荣的地方，因为他多多少少也算是个厨师。尤其是当飞艇以 120 千米的时速飞行在离地面5000 米的高空时，戴蒙先生觉得没有比做饭更有趣的事情了。

需要补充的是，除了电动步枪以外，他们还要带上其他防御和攻击武器、科学仪器，以及其他各种各样的装备，这些我们会在合适的时间告诉大家。

"我觉得，"汤姆在工作间辛苦工作了一天，此时，夜幕降临了，"如果进展顺利，明天天气也不错的话，'黑鹰号'就可以试飞了。"

"你觉得它能飞起来吗？"尼德问。

"很难说，"汤姆回答，"这种事情很难确定。即使'黑鹰号'和'红云号'造得一模一样，我也不敢保证试飞一定成功。现在，我能告诉大家的是，'黑鹰号'要比'红云号'先进得多，但是它的表现如何还有待考验。"

那天晚上，他们一直忙到很晚。大部分时间都耗费在完善"黑鹰号"的工作上面。第二天早上，这架新飞艇被推出了工作间，停放在平地上，准备试飞。

汤姆打算先试试"黑鹰号"飞机部分的性能，所以气囊里并没有充气。不过，如果有需要，气体制造机随时都可以制造出具有浮力的气体。从外表上看，"黑鹰号"没有被装饰和着色，显得非常粗糙。但在去非洲之前，这些工作都会做好。"黑鹰号"依靠三个机轮的支撑，停在地面上，等待着两个巨型螺旋桨启动。汤姆、戴蒙先生、尼德、史威夫特先生、盖瑞特先生，以及德本先生都坐在飞艇上。美中不足的是，储存物和供应品还没有准备好，于是，汤姆装了几袋沙子，用来替代物资的重量。

"如果在这样的载重情况下，'黑鹰号'也能飞起来，那就不会有什么问题了。"汤姆小心地走上飞艇，一边仔细检查，一边说。

"对我来说，如果真能飞起来，这真是一次全新的经历。"德本先生说，"我从来没坐过飞艇，真不敢相信坐着飞艇就能飞上天空。"

"也许真的飞不起来。"汤姆说，他有时会对自己的新发明缺乏足够的自信。

"好吧，就算它第一次不能试飞成功，那还有第二次，第三次……总有一次它能飞起来的。"尼德宣称，"汤姆是不会轻易罢休的，除非他成功了。"

"不要这么说！我都快要脸红了！""黑鹰号"的主人一边检查仪表装置和控制杆，一边制止尼德继续说下去。

过了一会儿，汤姆让大家坐好，然后宣布试飞即将开始。

"大家都准备好了吗？"汤姆问。

"准备好了。"戴蒙先生回答。而德本先生坐在椅子上，紧张地抓着扶手，古铜色的脸上呈现出严肃的表情。史威夫特先生和尼德神情淡定，因为他们已经经历过好几次空中飞行了。易瑞德凯特和巴盖特夫人则站在飞艇外面观看。

"我们要出发啦！"汤姆大声说道，然后他突然拉动控制杆，启动了主发动机和螺旋桨。"黑鹰号"开始全身颤动起来，同时伴随着摇晃。螺旋桨越转越快，发动机一边颤动，一边发出嗡嗡嗡的声音。

"黑鹰号"开始在地面上缓缓地行驶，然后不断加速。不一会儿，它就在地面上驰骋了。汤姆拉动升降舵后，这艘新造的飞艇以近乎垂直地面的角度腾空而起，虽然不是所有人，但至少德本先生吓了一跳。

"'黑鹰号'飞起来了！"尼德呼喊着说，"准备向非洲丛林进发！"

"好的，也许还会碰到红色俾格米人。"汤姆压低声音补充了一句，然后集中注意力驾驶"黑鹰号"。此时，"黑鹰号"正快速驶向天空。

第八章

向非洲进发

"黑鹰号"越飞越高，德本先生向下看了一眼，虽然他想尽量用平静而镇定的语气说话，但声音还是不由自主地颤抖着："在这方面，我确实不是专家。汤姆，我们还能降落到地面上吗？你不觉得我们已经飞得太高了吗？"

"嗯，确实有点高了。"汤姆回答，"我之前还以为没有气囊飞不了这么高呢。照目前的情况来看，它的表现非常好。"

"可怜的发髻！"戴蒙先生尖叫着，"它比'红云号'还要棒。汤姆，不要再上升了，试试直线飞行吧。"

汤姆接受了戴蒙先生的建议，将机身调整到离地面大约2000米的水平面上，然后加快速度。随着巨型螺旋桨的嗡嗡声，飞艇开始水平飞行起来。

德本先生看到飞艇运行平稳，没有任何将要坠落的迹象，心情终于放松下来。他发现，汤姆和他的伙伴们不光知道操纵飞艇的方法，而且驾驶技术非常娴熟。

汤姆对这架飞艇做了许多改进。现在，通过试飞，已经证明飞机部分的性能非常优越。于是，汤姆启动了气体制造机，为飞艇上方的黑色气囊制造气体。当气囊被完全充满的时候，他关掉了发动机。然后，"黑鹰号"就像热气球一样开始漂浮着前进。

"在非洲丛林里，如果我们在飞行途中燃油突然用完了，我们还可以依靠气囊漂浮前进。"汤姆向德本先生解释说。

"如果真的出现这种情况，我也觉得有必要这样做。"德本先生回答，"这架飞艇在非洲一定能派上大用场！"

这会儿没有风，"黑鹰号"就静静地停在空中。汤姆和他的父亲及盖瑞特先生检查了所有机器，检查结果显示，飞艇的工作状况良好。不一会儿起风了，飞艇又开始移动。汤姆放掉了一部分气体，飞艇开始向下降落，没多久，就降落在起飞时的空地上。

"一切顺利。"汤姆仔细检查了一遍飞艇，确定无疑地说，"我还得进行几次试飞，再将它完善一下，然后我们就可以出发去非洲了。"说完，汤姆又转身看向尼德，"为了这次旅行，你的工作都安排好了吗？"

"当然了。我已经向银行请了假，这可多亏你父亲和戴蒙先生了。我的衣服也已经差不多收拾好了，而且我还带了奎宁①，防治疟疾。"

"太好了！"德本先生说，"有你们做伴，我高兴极了！哎呀，我也算是体验过在空中旅行的滋味了，与之前想象的相比，感觉可要好多了！"

飞艇没有让大家失望，在这之后的几次试飞中都表现得很好。接下来的几天，汤姆装饰了飞艇的外部，然后计划安排大家拆分"黑鹰号"，接着打包起来，准备往非洲托运。此外，汤姆每天都练习使用电动步枪。现在，他已经成了神枪手。连德本先生都对汤姆佩服得五体投地。

"汤姆，拥有这样的电动步枪，没有几只猎物能逃得掉。"他说，"哦，对了，前几天和我签约的富商发来一封信。在信中，他催促我赶快返回非洲去。我还听说，非洲中部的一些部落之间爆发了战争，因此，动物们纷纷逃往了森林的深处。那种地方，一般的猎人根本无法靠近。"

"我们运气可能也不好，同样不能深入森林呢。"尼德提醒大家。

"哦，怎么会呢？我们的运气会很好的。"德本先生宣称，"有了这艘飞艇，不论是非洲最恐怖的森林，还是当地人的战争区域，我们都不需要产生一丝一毫的畏惧。这是因为，我们

---

① 奎宁，俗称金鸡纳霜，是一种防治疟疾的药物。——译者注

可以在森林上空活动。对我们大家来说，这可是一个发大财的好机会。"

"可怜的钢琴！"戴蒙先生说，"我还没有见过大象呢！只要能让我见到一头小象，我就很满足了。"

德本先生压低声音说："我们越快出发越好，因为我想尽快完成这份订单。"

之后几天，飞艇被拆卸开来，装在一些大箱子和篓子里，准备用轮船运往非洲海岸。易瑞德凯特负责用他的骡子将飞艇的各个部件运到夏普顿的火车站。

"你不想和我们一起去非洲吗，瑞德？"在最后一个箱子被运走的时候，汤姆问道。

"不。"易瑞德凯特回答，"万一我们遇到德本先生提到的可怕的红色俾格米人怎么办，他们会伤害我的骡子回飞棒的。"

"哦，我可不会带着你的骡子一起去。"汤姆说。他不敢想象，如果这个大家伙上了飞艇会怎样胡来。

"不带回飞棒吗？那我肯定不去。"易瑞德凯特说着，走过去给他的骡子喂了些燕麦。这头骡子有点古怪，但却非常忠诚。显然，易瑞德凯特放心不下这头骡子。

飞艇被运走以后，汤姆还有许多事情要去做。他还要运送大量用来组装和维修飞艇的特殊工具和器械，所以，他的时间被安排得满满的。不过，最后一切都进展得很顺利。一天早上，他们带上行李，准备乘火车前往纽约。在那里，他们可以乘坐去非洲的轮船。为了方便运输，汤姆的电动步枪也被拆分开来。

在火车就要离开夏普顿的时候，戴蒙先生为所有他能想到的东西祈祷了一遍。史威夫特先生挥着手，祝他的儿子和他的伙伴们好运，同时也为不能成为他们中的一员而感到遗憾。尼德满心激动，不停地猜想旅途中一切未知的东西。汤姆则想着他的电动步枪能猎到什么好东西，以及即将看到怎样的美丽风景。至于德本先生，闲了几个星期后，终于可以再出去打猎了，他的心情非常愉悦——他可不是一个闲得住的人。

去纽约的旅途一帆风顺。到了纽约后，他们发现飞艇的部件已经安全抵达，并且被运到了轮船上。于是，大家也登上轮船。这天下午，在他们尽情观赏了海滨风景之后，这艘叫作"桑德勒号"的轮船顶着巨浪出发了。

"终于要去非洲啦！"汤姆对尼德大声说道。他们此时正站在甲板上的围栏边，四处观望。

这时汤姆用余光看见一位先生正盯着他们看。随后，这位先生发出了一声惊叹："哎呀，这不是汤姆嘛！刚才是你说要去非洲吗？"

汤姆看着这位先生，有种似曾相识的感觉，但一时又想不起来在哪里见过。过了一会儿，他的脑海中突然闪过一个身影。"是安德森先生！"汤姆叫着，"安德森先生，我记得上次见你是在……"

"地震岛！"安德森先生马上接过话说，然后与汤姆握了握手，"我想你还记得那个地方吧，汤姆。"

"当然记得了。真没想到会在这艘去非洲的轮船上再次见到你。"不知不觉，汤姆又想起了在地震岛上度过的那段惊心动魄的日子。他用无线电报机救了许多遇险者，其中就包括安德森先生和他的夫人。

接着，汤姆为大家介绍了安德森先生。

"刚才，我听你说要去非洲，是真的吗？"安德森先生问。

"是的，我们是要去非洲，"汤姆回答，"我们要去打猎。那么，安德森先生，你这是要去哪里？"

"我也去非洲，但不是为了旅行。我奉一个传教士社团的命令，前往非洲中部营救这个社团的两个员工。"

"营救两位传教士吗？"汤姆不解地问。

"是的，一位先生和他的夫人。据称，他们已经落到红色俾格米人的手中，沦为俘虏了！"

第九章

被巨头鲸袭击

安德森先生的话令汤姆大吃一惊。他一时不知该说什么好了。汤姆没想到居然会再次遇到安德森先生，这个曾经受困于地震岛，与其他遇险者一起被救的人。也许，这纯属巧合。不过，更让人难以置信的是，安德森先生也要去非洲大陆中部——这也是汤姆和他的朋友的目的地，而且要从红色俾格米人手里救出两位传教士——这足以让所有人都感到震惊。

"我知道我的话一定让大家受惊了。"安德森先生说，因为他看到汤姆脸上露出了惊恐的表情。

"这确实让人感到震惊！真巧啊，你准备去的非洲中部也是我们准备去的地方。来我的客舱吧，安德森先生，然后详细给我们说一下是怎么回事。你夫人也随你一起去吗？"汤姆说。

"不，这样的旅行太危险了，我可不会带着她。那两位不幸的传教士被抓已经有一段时日了，所以我并没有把握一定能营救成功。不过，我仍然会竭尽全力去营救。到了非洲后，我准备雇佣一个营救团队。"

听完安德森先生的话，汤姆一时没说什么。不过，他已经暗下决心，到时，他会号召他的朋友们乘着飞艇去帮助安德森先生。大家一起走进了汤姆和他的朋友们的特等舱。随着轮船慢慢驶出纽约港，安德森先生开始讲述他的故事。

"汤姆，其实在被困于地震岛之前，"安德森先生说，"我曾经在非洲打猎。与你的朋友德本先生不同，我不以打猎为业。对非洲中部的国家，我非常了解。遗憾的是，我在那里没有待很久。我和我的夫人一直与纽约的一个教堂来往密切。几年前，我们筹集了一笔资金，并派遣了两位传教士——雅各布·伊林威夫妇去了非洲中部。在那里，他们建立了一个代表团，向当地一个部落的居民布道。那个部落的居民性格温和、待人友善。虽然部落中的人没有完全被说服信奉基督教，但对两位传教士非常友好。伊林威夫妇过去常常写信给纽约的教堂人员，汇报他们的工作。在信中，他们还提到，与这个友好的部落相邻的是一个凶狠的小矮人部落——这个部落里的人浑身长满了红色的毛发。"

"他们说的浑身长满红色毛发的小矮人应该就是红色俾格

米人。"德本先生说。

"没错！"安德森先生继续说，"伊林威先生在信中提到，红色俾格米人和那个友好部落之间经常爆发战争，最后一次战争中，那个友好部落彻底落败，连部落领地也被红色俾格米人占领了。"

"那传教士们怎么样了？"尼德问。

"我马上就会告诉你们的。"安德森先生说，"有很长一段时间，除了报纸上关于战争的新闻，我们没有得到任何有关两位传教士的消息。教堂人员非常担心伊林威夫妇的安危。就在这时，伦敦社团总部的一封电报发到了纽约，让纽约这边想办法去营救伊林威夫妇。最后，纽约这边派遣了一个信使，去非洲打探他们的下落。后来听说，受雇于伊林威夫妇的一个叫作托姆巴的本地人有幸在那场战争中逃了出来，剩下的人都被杀害了。托姆巴一路穿过丛林，逃到一个安全地区。在那里，他讲述了他的故事，以及那两位传教士被红色俾格米人抓去当俘虏的经过。"

"他们可真惨啊！"德本先生说。

"是啊，根据红色俾格米人对待俘虏的传闻，也许他们死了比活着更好。"安德森先生继续说。

"可怜的帽子！不要这样说！"戴蒙先生大声说，"我们会救出他们的。"

"不管是否还来得及，营救他们就是我必须要做的事情。

伊林威夫妇被红色俾格米人俘虏的消息确定后，教堂举行了会议，决定派我去寻找伊林威夫妇的下落。如果他们还活着，那就再好不过了；如果他们已经死了，我会尽力找到他们的尸体，为他们举办一个体面的葬礼。我之所以被选为去非洲的人选，是因为我对非洲中部的国家和部落非常了解。之后，我匆忙做了一下安排，又向我的夫人道了别。接着，在这艘轮船上，我就遇到了大家。汤姆，没想到能遇见你，而且还听说你们也要去非洲，多么希望我也能驾驶一架飞艇去营救那两位传教士啊！这样，营救工作就简单多了！"

"我也是这么想的呢！"汤姆说，"我们也会前往有红色俾格米人的地方，虽然我已经答应帮助德本先生去打猎，并且我自己也想借一些大猎物来试试我的电动步枪，但我想这两件事没什么冲突。相信我们，安德森先生，如果在营救过程中你需要我们的帮助，请尽管吩咐！"

"太好了！"这位曾经被困于地震岛的遇险者高兴得叫了起来，"我从来没有过这么好的运气！现在，请告诉我你们的计划吧！"于是，汤姆和他的伙伴们便轮流着讲述他们的计划，安德森先生一直认真听着。

然而，对于如何找到红色俾格米人部落的具体位置，以及怎样进行营救，大家还不是很确定。

"也许我们可以先找找托姆巴。"德本先生说，"如果行不通的话，我想我和安德森先生总会有办法找到一些线索的。

现在，我已经迫不及待想要到达非洲海岸了。"

"德本先生，我的心情和你一样。"汤姆说。接着为了让安德森看看他的电动步枪怎么使用，汤姆又重新组装好电动步枪。

在接下来的两周里，他们的旅程既愉快又顺利。一路上，天气非常不错。后来，一场暴风雨的突然降临又为大家提供了新鲜的话题，他们谈论了整整三天。暴风雨过后，天气更加晴朗了。在起伏的巨浪中，"桑德勒号"继续勇往直前。

再有差不多一个星期，他们就能抵达目的地——非洲的海岸城市马祖姆巴了。一天下午，汤姆和他的朋友们正待在客舱里，这时，他们听到甲板上吵吵嚷嚷的。

"好像发生什么事了！"汤姆说。接着他跑向舱梯，德本先生等人紧随其后。他们看到一群水手和乘客倚在船舷的围栏边。

"发生什么事了？"汤姆问从他身边跑过去的一个人。

"一头虎鲸①和一头巨头鲸②正在厮杀。"那个人回答，"船长已经下令让轮船停止前进，以便大家观看。"

于是，汤姆也走到围栏旁。只见大约在 400 米的地方，海面上有某些东西正在猛烈地翻滚，看上去像是两个庞大的身躯

---

① 虎鲸，哺乳纲，鲸目，海豚科。体大，呈纺锤形；背黑；腹白；背鳍高大，略呈三角形；嘴巴细长；牙齿锋利。性凶猛。——译者注
② 巨头鲸分布于太平洋、大西洋，喜群游，主食乌贼，以及吃鲱、鳕等群游鱼。——译者注

在水面上扭打。海面上因此产生了许多泡沫，泡沫里混合着新鲜的血液，时不时还会冒出两股水柱，就像从一个小喷泉里喷出来似的。

"它现在已经呼吸困难了！"一个水手叫着说，"我想它快不行了！"

"那是什么啊？"汤姆问。

"巨头鲸。"那个水手回答，"虎鲸可是巨头鲸的死对头。"然后，他为汤姆详细描述了这个体形虽小但攻击性强、性情凶狠的虎鲸是怎么对付巨头鲸的。

海面上的战斗已经达到高潮，汤姆和其他人都饶有兴致地观看着。在泡沫的覆盖下，很难看清这两只庞然大物，只有海水在不停地翻滚、飞溅。巨头鲸发出嘶哑的声音，似乎在努力逃往海底，但虎鲸仍死缠着不放。

突然，汤姆看到巨头鲸用肥大而有力的尾部给它的对手以狠狠一击，那只虎鲸一时昏了过去。巨头鲸意识到自己暂时获得了自由，于是便立刻逃离战场，在海面上飞速前进。由于它此刻非常需要足够的空气来呼吸，所以并没有立即潜入海底。

没过多久，巨头鲸就恢复了体力，它像火车一样继续快速前进着，时不时喷出水柱。这些水柱是从它的鼻腔里喷出来的，看上去简直就像潜水艇喷出来的蒸汽。

"巨头鲸好像朝我们这边游过来了。"这时，德本先生对汤姆说。

"说得没错。"汤姆也赞同德本先生的看法，"不过，在到达这边之前，我猜巨头鲸会先潜到水下去。它只是想远离那只虎鲸。天哪，虎鲸也向这边游来了！"

"可怜的竖琴！巨头鲸和虎鲸真的朝这边游过来了！"戴蒙先生大叫着说，"它们会在轮船附近再次打起来的。"

不过，戴蒙先生的判断并不准确，虎鲸追了巨头鲸一小段距离后突然掉头，徘徊良久后突然消失在了海面上。

巨头鲸并没有停止前进，它不停地用力拍打着海面。这时，一些乘客已经感到非常不安了。

"万一它攻击我们的轮船该怎么办？"一位女士担心地说。

"胡说！怎么会呢！"她的丈夫说。

"船长最好让轮船前进。"汤姆旁边的一个水手说。

显然，船长也想到了这个办法。在看到这个庞然大物继续向轮船游来后，他立即决定全速前进。

船长刚要下达命令，就看到那只巨头鲸潜入了海底。

"上帝啊，终于没事了！"那个先前说巨头鲸会袭击轮船的女士说，"这种动物太可怕了。"

"只要不激怒它们，它们会像奶牛一样温顺，不会主动攻击人的。"她的丈夫说。

于是，这艘巨轮又开始继续前进了。汤姆和他的朋友们认为危险已经过去，正准备回到客舱时，整个轮船突然剧烈晃动起来，好像撞到了礁石一样。

突然，引擎室里传出了刺耳的铃声，紧接着，轮船停止前进了。

"发生什么事了？"有几个人问。

过了一会儿，他们就明白发生什么事情了。在与虎鲸的搏斗中，巨头鲸虽然伤得很重，但此刻在离轮船不到 30 米的地方，它浮出了水面，像一列特快列车一样快速向轮船冲过来。

"可怜的镜子！"戴蒙先生尖叫着，"我们必须先下手，要不然它会在水下攻击我们的。现在，它正向这边游过来呢！"

戴蒙先生的话还没说完，这个庞然大物就撞到了轮船下面。这一击可真要命，轮船从船首到船尾都发生了剧烈震动。船身严重倾斜，而且差点儿翻了。

大家纷纷惊呼，水手们慌张地跑来跑去，引擎室的铃声不断响起，船长和相关负责人员则用沙哑的声音让大家保持冷静。

"它又朝这边游过来了！"德本先生跑到船的围栏边喊着，"巨头鲸把我们当作它的敌人了，它会再次攻击我们的！"

"如果巨头鲸再攻击几次，轮船就会被撞坏进水，我们很难对其进行修复！"一个水手在跑过汤姆身边时叫着说。

汤姆看了一眼正在游过来的巨头鲸，然后马上向他的客舱跑去。

"喂！你这是要去哪里？"戴蒙先生叫道，但汤姆没有回答他。

第十章

驾驶飞艇出发

汤姆跑下舱梯，这时轮船又晃动起来，显然巨头鲸再次撞击了轮船。他差点跌倒在地，不过，他还是继续往前跑去。

下面是一群被吓坏的人，他们以为轮船撞到了巨石正在下沉，于是纷纷准备救生设备。这也怪不得他们，他们没有到甲板上去，所以不知道虎鲸和巨头鲸的那场厮杀，当然对之后发生的事情也一无所知。

"我知道船正在下沉！"一位被吓坏的女士带着哭腔问，"到底发生什么事了？"

"马上就没事了。"汤姆安慰她说。

"我想知道究竟发生了什么事？"

"是船被巨头鲸撞了。"汤姆回答。说完，他走进自己的特等舱，抓起一个东西，然后匆匆忙忙跑回甲板上。这时，巨头鲸又一次冲了过来，给轮船重重一击。接着，巨头鲸钻到水底，准备再次袭击。

"巨头鲸又准备撞我们了！"戴蒙先生叫着说，"可怜的机油！船长怎么还没有采取行动？"

就在这时，船长从船桥上喊着："兰斯特先生，派人下去检查一下，看看船底有没有漏水。然后让几个水手拿出步枪，看看能不能赶走那只巨头鲸。再这样下去，我们就要葬身鱼腹了！大家都行动起来吧！"

船长的第一助手兰斯特先生接到命令，马上派了一个水手到船舱下面去检查船体有没有漏水。船长也发出全速前进的命令。但是"桑德勒号"提速很慢，即使是全速前进也不及巨头鲸游得快，这时巨头鲸又冲过来了。

"快点准备好步枪！"船长叫着说，"集体射击！"

"没必要了！"戴蒙先生突然喊着，因为他刚刚看到了汤姆及他手里拿着的武器。

"没必要？"船长问道，"为什么，巨头鲸是潜到水底了还是离开了？"

"不，"戴蒙先生说，"巨头鲸还在继续游过来，但是汤姆会摆平它的。嗨，汤姆，给它点颜色看看！"

于是，在几乎破损的围栏边，汤姆选好位置，准备开火。

"那是把什么枪？"船长问。

汤姆没有回答。此时，轮船摇摇晃晃，前进速度还不到之前的一半。汤姆努力稳住脚步，用电动步枪瞄准巨头鲸。他看了看自动测量仪，设置好距离。等巨头鲸前面的浪峰平息后，他按下了电动步枪的按钮。

在回旋的泡沫中，巨头鲸立刻停了下来，一瞬间爆裂成碎片，与那个稻草人及大木箱被击碎时的情形一样，瞬间消失不见了，海面上除了淡淡的血色外，什么也看不见了。

"这……这是怎么回事？"船长满脸疑惑地问，"那……那头巨头鲸消失了吗？"

"永远消失了！"戴蒙先生欢呼着，"可怜的火药筒！汤姆，我就知道你可以的！"

"这是一种专门用来对付鲸鱼的新枪吗？"船长从船桥上下来，一边和汤姆握手，一边问。"如果是的话，我也想买一把。可能还会有鲸鱼来袭击我们。你好，我叫文登。"

"这是我新发明的电动步枪。"汤姆解释说，"它射出去的不是子弹，而是无线电能。很抱歉，你不能拥有它，因为在世界上这把枪独一无二。不过，我想不会有鲸鱼再来袭击我们了。毫无疑问，刚才那头巨头鲸显然是被虎鲸的袭击触怒，然后把我们也当成了它的敌人。"

水手和乘客们把汤姆紧紧围住，抢着和他握手，同时也想见识见识电动步枪。大家都说是汤姆救了这艘轮船。

"桑德勒号"非常坚固，有许多防水的隔舱，但是轮船还是有可能会因为漏水而造成重大损坏。没有哪一位船长愿意看到在距离目的地还有一个星期的行程时，他的轮船发生严重的漏水事故，尤其是在有可能会遭受暴风雨的时候。而且，如果轮船继续被巨头鲸袭击的话，乘客的惊慌也有可能造成危险。所以，即便汤姆不想过分夸大自己的功绩，大家却一直在向他表示感激。

"大家感激你是应该的。"文登船长宣称，"我要让大家都知道你的伟大事迹。好了，现在我们可以继续前进了。"

轮船又开始全速前进。刚才进入船舱下方的水手已经上来向船长报告了情况，说船底只有一点轻微的裂痕，没有必要担心。

接下来的几天时间里，大家一直在讨论汤姆杀死鲸鱼这件事。汤姆不得不一次又一次向大家展示他的电动步枪，并且解释这把枪的使用原理。同时，大家还了解到汤姆的旅行计划和安德森先生的任务，以及汤姆要帮助营救传教士们的承诺。

"哎呀，你的电动步枪都能让鲸鱼尸骨无存，那么猎物的下场会不会也是那样呢？"在到达目的地的前一天早上，德本先生问，"汤姆，我担心电动步枪因威力过大而摧毁一切。"

"电动步枪威力的大小是可以调节的。"汤姆说，"射击巨头鲸的时候，我把电动步枪的威力调到了最大。我想看看，电动步枪在这种状态下效果怎么样。我可以调节电动步枪的威力，使它既能杀死猎物，又不在猎物身上留下任何痕迹。"

"让我们拭目以待吧！"德本先生说。

"打猎时，我们就用小一点儿的火力。"汤姆说，"当野兽冲向我们的危急时刻，我们就得用大一些的火力。"

然而，汤姆并不知道他的计划马上就要付诸实践了。

不久，他们平安抵达非洲的海岸城市——马祖姆巴。在接下来的两天时间里，汤姆一直忙着监督飞艇部件的卸载，直到它们最后被全部安全运上岸。之后，汤姆和他的朋友们租了一个闲置的库房。他们打算在这里重新组装"黑鹰号"。

不到一个星期，组装工作就结束了，飞艇又一次完整地呈现在大家眼前。接着，汤姆又进行了一次试飞，"黑鹰号"的表现一如既往地令人满意。然后，汤姆和他的朋友们又忙着把购买的物资和补给品搬进飞艇的储藏室里，以便为他们接下来的旅行做好充分的准备。

此外，他们还向当地居民打听了如何寻找猎物的踪迹。当地居民告诉他们，为了躲避部落战争，动物们正往非洲内陆深处的森林逃跑，如果他们能深入森林，获得大量猎物还是有希望的。

与此同时，他们又向当地居民打听两位被俘的传教士和托姆巴的消息，但是依然毫无所获。

"现在还早，没收到消息是正常的。"安德森先生说，"等我们到达红色俾格米人的部落附近再打听打听吧。"

"到那时恐怕已经太晚了。"汤姆低声说。

在马祖姆巴逗留了两周以后,汤姆向大家宣布准备工作已经结束。飞艇状况良好,储藏室里备满了食物、武器、日用品、一些用来和当地人交易的小装饰品、飞艇的备用零件,以及一些用来制造气体的特殊工具和大量的化学药品。

当然了,汤姆一定会带上他的电动步枪,德本先生和其他伙伴也为他们的普通步枪准备了充足的弹药。

一天早上,汤姆给父亲发了一封电报,说他们就要出发去非洲内陆了。然后,他又测试了一下飞艇的发动机和发电机,匆忙检查了一遍储藏室。之后,他才让大家登上飞艇。

等大家在艇舱里坐好后,外面已经聚集了一大群当地的居民。汤姆拉起控制杆,"黑鹰号"便在一块精心挑选的平地上加速前进。获得足够的冲力后,飞艇瞬间冲向天空。

观看的人群开始欢呼起来。有几个迷信的土著人因为第一次见到飞行器,竟被吓跑了。

在蔚蓝的天空,汤姆谨慎地驾驶着飞艇。他向下望了望地面的城市,然后把机头转向非洲大陆的中心地带。

"去非洲内陆啦!"他低声说,"我们进去以后,还能再出来吗?"

这个问题,没有人能回答上来。在这片生存着大群动物和红色俾格米人的大陆上,必然会有许多意想不到的危险正等着他们,然而汤姆毫无畏惧。

第十一章

被困于地面

自从决定去非洲打猎以后，汤姆和他的朋友们忙得几乎连喘气的时间都没有。终于，一切准备就绪。此刻，"黑鹰号"正快速飞向非洲内陆。

"感谢上帝！"尼德说，"我终于可以坐下来好好看看风景了。"他从主舱的窗口看向下面的荒野和乡村。

飞艇的速度很快。没过多久，马祖姆巴就被远远甩在后面。这时，"黑鹰号"正在一片人烟稀少的森林上空急速飞行。

戴蒙先生从家里带了一架照相机，"可怜的相机！我什么都看不到。"他向下指了指密不透风的森林。

"哦，这里没有什么好看的。"德本先生说，"非洲大陆不全是密林，前面还有许多美丽景致。汤姆，请告诉我，在这种气候条件下，飞艇能不能正常运行。驾驶飞艇的时候，你有没有觉察到有什么困难？"

"一点儿困难也没觉察到。"汤姆回答。此刻，他已经把飞艇设置为自动飞行模式，他正和大家一起聚在主舱里。"一切正常，情况和在夏普顿试飞时一样。当然，我暂时不能确定这种高温天气和潮湿空气会是否对气囊产生影响，但是我们总会有办法应对的。"

"但愿如此。"安德森先生插话进来说，"在非洲中心地带，如果飞艇出了故障，我们将无路可退。"

"哦，对此，你不必担心。"尼德笑着说，"如果飞艇损坏了，汤姆可以用带来的零件马上重新组建一架，然后我们就可以像现在一样继续前进了。"

"恐怕不会那么简单。"汤姆回答，"不过，我记得瑞德常说的一句话是'车到山前必有路，船到桥头自然直。'朋友们，看前面，好像有一些村庄。"

汤姆指着森林前面的一片平整的土地。在那里，有许多用泥巴和杂草搭建的小屋。等到飞艇离地面近一些的时候，他们看到一些黑皮肤的人。这些人除了腰部裹着一块布以外，几乎是全裸的。看到头顶的飞行物后，他们开始兴奋地乱跑起来，并不时用手指着天空。

"从现在开始，我们会陆续见到许多这样的小村庄。"德本先生说，"从前，打了一天猎后，我会在他们的茅草屋里住几晚，有时候住得很舒服，有时候却很难熬。我想我们一定吓到了那些人。"

确实是这样。一转眼，他们发现村子里的人们都像疯了似的到处乱跑。突然，一阵沉闷的鼓声响了起来。

"听！那是什么声音？"汤姆说，他举起手示意大家静下来。

"可怜的雨伞！听起来像是雷声。"戴蒙先生说。

"不，这是他们的战鼓声。"德本先生解释说，"当地人把空心树削成鼓的形状后，在其边缘缝上动物的皮，这样战鼓就做成了。他们敲响战鼓，要么是提醒村民们危险即将到来，要么是做战前动员。"

"你认为他们会攻击我们吗？"尼德一边问德本先生，一边焦虑地看着汤姆，然后又看了看艇舱角落里的步枪。

"不。敲鼓的人可能是当地的法师。"德本先生解释说，"这些村民们非常迷信，在他们眼里，我们很可能被看作某种可怕的恶魔。通过敲鼓，他们想赶走我们，就像驱邪一样。"

"那我们还是尽快从他们眼前消失吧。"汤姆说着走进驾驶舱，然后加快飞艇前进的速度。刚才，为了让同伴们好好欣赏下面的景色，汤姆减缓了飞艇的速度。几分钟后，"黑鹰号"便把村庄里受惊的村民远远地甩开了。

一路上，"黑鹰号"飞过了许多荒野、丛林、大草原、绵延起伏的山脉，以及几条大河。他们时不时地从湖泊上空飞过。静静的湖面上，一些当地人正坐在独木舟里。湖面上的人们在看到飞艇从他们头顶上飞过时，满脸恐惧。

这时，"黑鹰号"又到了一片湖泊的上空，只听尼德激动地喊道："看哪！大象！它们正在游泳！"

安德森先生和德本先生赶紧看了一眼，然后回头大笑起来。

"那是河马！"德本先生笑着说，"年轻人，要想看大象，我们还得再等等呢。"

尼德感到非常尴尬。德本先生和安德森先生告诉他，任何不熟悉这片大陆的人都会犯这样的错误——区分不开大象和河马，更别说是从这样的高空看下去。

在距离地面800米的空中，"黑鹰号"继续前进着。飞艇的运行状况良好，于是，汤姆慢慢加快了速度。过了许久，他们到达一片高原的上空。这里海拔很高，布满青草，有大群羚羊聚集。汤姆一行人打算在此降落，享用晚餐。

"羚羊可以成为我们的美味晚餐。"望着地面上那些动物，德本先生说。

"那我们下去弄点晚餐吧。"汤姆说。在飞艇上，汤姆没有携带任何肉类，这是因为非洲气候炎热，肉类很快就会变质。

"黑鹰号"从高空缓缓降下来，停在一块靠近丛林边缘的空地上。等到中午的热量散去，在德本先生和安德森先生的带领下，大家拿着步枪下了飞艇，继续向前走去。值得强调的是，安德森先生也是一位经验丰富的猎人。

尽管羚羊的数量众多，但是由于大家只能吃得了一小部分，而且肉类又不易保存，所以，只有德本先生和安德森先生各自猎杀了一只肥壮的雄羚羊。汤姆对于是否使用电动步枪还是犹豫不决。

然而，当他们来到一条隐藏在茂密的丛林中的小河岸边时，丛林里发生阵阵骚动。还没等大家反应过来，一头野牛突然跳了出来。

在非洲，野牛是为数不多让猎人惧怕的动物之一。它们长着又长又尖的角，既凶猛又残酷，非常好战，除非是把敌人攻击得不能动弹，否则它们绝对不会善罢甘休。

"当心！"德本先生大叫着，"大家快找地方躲起来。如果被野牛盯上了，那可不是开玩笑的事。安德森先生，我们给它来几枪吧！"

德本先生举起他的步枪，扣动了扳机，但不知道什么原因，子弹没有打出去。安德森先生见状也举起步枪，但他在一块湿地上滑倒了。这时，野牛正愤怒地打着鼻响，然后朝他猛冲过来。

汤姆立刻瞄准目标，把电动步枪调整到最大威力，朝这个正在奔跑的野兽开了一枪。结果，野牛瞬间就"融化"了。野牛被阻止得很及时，因为它已经非常接近摔倒在地的安德森先生。

虽然整个事件只持续了短短几秒钟，但让冒险者们饱尝了紧张和刺激的滋味。

"你又一次救了我的性命，汤姆。"安德森先生说完，一瘸一拐地走向汤姆，"上次是在地震岛，今天是在这里。我会永远记得。"他紧紧握住汤姆的手。

其他人纷纷称赞汤姆的反应迅速。戴蒙先生则如往常一样，为他能看到的所有东西祈祷了一遍，尤其是汤姆的电动步枪。

经历了这一惊心动魄的时刻，大家决定带上新鲜的羚羊肉，尽快回到飞艇上去。由于安德森先生的脚扭伤了，他们走得很慢。到达飞艇的时候，天色已晚。

"我建议，吃完晚餐后大家立刻动身吧。"汤姆说，"待在离丛林这么近的地方可不是什么明智的选择。"

"说得对。比起地面，在空中会更安全一些。"德本先生表示赞同。晚餐非常丰富，大家都吃得很过瘾，尤其是那些新鲜的羚羊肉很让大家解馋。晚餐后，汤姆回到驾驶舱去发动机器，准备让飞艇像热气球一样飘起来。

气体制造机嗡嗡地震动着，大量的气体嘶嘶地进入气囊。地面不太平坦，所以飞艇不能通过助跑的方式起飞。"黑鹰号"机舱里的灯已经点亮了，飞艇前面的探照灯也发出一束细长的光线，射向黑暗的森林里。

"汤姆，你还在等什么呢？"尼德听到机器在转动，可是并没有感觉到飞艇上升。

"飞艇好像出了点儿问题。"汤姆回答道,他用速度控制杆变换着档位,同时加快气体制造机的运转速度,但是"黑鹰号"还是无法飞起来。

"可怜的手绢盒!"戴蒙先生叫着说,"发生什么事了?"

"我也不知道。"汤姆回答,"好像有什么东西把飞艇束缚住了。"

汤姆又加快了电机的旋转速度,气体制造机开始全速制造气体。此时,气囊已经被充得满满的了,可飞艇依旧停在地面上。

"在这种气候条件下,或许气体不起作用了吧。"尼德说。

"不会的。"汤姆回答,"这种气体不论在任何气候条件下都会起作用。不久之前,飞艇还好着呢。"

突然,飞艇向上移动了一点点,不过很快又被拽了下去,重重地落在地面上。

"好像有什么东西束缚了飞艇!"汤姆叫着说,"我得出去看看是怎么回事!"他拿起电动步枪,出了机舱。

第十二章

迫降于当地村庄

汤姆离开机舱后，大家你看看我，我看看你，茫然不知所措。他们可以听到机器震动时发出的嗡嗡声，还能感觉到飞艇被束在地面上的震颤。但他们不知道问题到底出在哪里。

"我们该帮帮汤姆！"尼德抓起步枪说，"也许我们正被困在一群大象中间，它们可以用鼻子把飞艇紧紧缠住。"

"不可能！"德本先生说，但是他马上就发现，尼德的猜想比其他任何人的猜想更接近事实。

"的确，我们应该帮帮他！"安德森先生建议，然后大家跟着尼德，走到机舱外的甲板上。

"你在哪里，汤姆？"尼德喊着。

"这里。"汤姆回答,"我在前面的甲板上。"

"你看到什么了吗?"

"没有,太黑了。把探照灯往这边照。"

"好的。"戴蒙先生回应着。过了一会儿,一缕强光照了过来。汤姆站在机舱前面的小观测台上,一切都清清楚楚呈现在眼前。

过了一会儿,汤姆发出一声惊叫。

"怎么了?"德本先生问。

"一条大蟒蛇!"汤姆大喊着,"它的身体一端缠在一棵树上,一端缠在飞艇上!难怪我们飞不起来。我要干掉它!"

大家朝汤姆所指的方向看了看。在灯光的照耀下,一条大蟒蛇出现了。这条蟒蛇足足 8 米长,它那圆滚滚的身体前半部分缠着飞艇,同时后半部分缠着一棵大树。

汤姆举起电动步枪,威力调到中等,迅速瞄准目标后,按动按钮。大蟒蛇马上就被击毙了,它的身体随即松开了飞艇,结果飞艇立刻开始上升了起来,但并不像大家想象得那样水平升起来,而是机头指向天空,机尾还被固定在地面上。随着"黑鹰号"逐渐倾斜,站在甲板上的人开始向下滑动。

"机尾还有一条!"戴蒙先生大叫着说,他紧紧抓着一个栏杆以防掉下去。"可怜的拖鞋!一定是刚才被杀死的那条蟒蛇的伴侣!把它也干掉,汤姆!"

汤姆快速冲到飞艇的尾部,然后击毙了机尾的蟒蛇。这条蟒蛇比刚才击毙的那条还要大。

这时，"黑鹰号"顺利地飞向天空。甲板恢复了平稳，这些非洲冒险者终于可以站直了。飞艇在漆黑的丛林里越升越高，在螺旋桨的全力运转下快速前进着，直到汤姆跑到发动机室降低了飞艇的速度。

"在非洲就是这样！"德本先生说，"这是一片神奇的土地。蟒蛇通常成双成对地生活在一起。这次经历，让我见证了蟒蛇的力量。我第一次看到，它们的力量居然大到能缠住一架飞艇。或许，出现这种情况与附近的猎物比较多有关，它们缠住飞艇只是为了等候猎物。"

"这件事真奇怪。"汤姆说，"当时，对于束缚飞艇的东西，我简直不敢想象。经过这次教训，以后上飞艇之前我会仔细检查，确保不再出现类似意外。否则，下次如果被一群狒狒给缠住了，我们要还是让飞艇牵引着这样的重量强行起飞的话，飞艇的燃料就会很快消耗殆尽。"

幸运的是，这次经历没有给他们造成任何损失。此刻，飞艇已经飞得很高了。汤姆减小了气体的浮力，接着，开启了自动驾驶模式。

"在夜里，我们的前进速度应该慢一点儿。"汤姆解释说，"明天早上，我们就能到达非洲内陆了。到时，我们先去哪里比较好呢？"

"很抱歉，我并不想打乱你们的计划。"安德森先生说，

"不过，我还是想先去营救那两位传教士。但问题是我并不知道去哪里找他们。在马祖姆巴，我们没有打听到一点儿关于红色俾格米人的线索。你怎样认为，德本先生？"

"在红色俾格米人的地盘上，我们照样可以捕猎。"这个捕猎老手回答，"不论先去哪里我都没意见。在寻找传教士的过程中，如果遇到猎物，我们可以暂时停下来。等弄到猎物后再继续前进，这个方案也行得通。"

接着，他们详细讨论了之后的计划，最后决定先去找红色俾格米人。德本先生有一张非洲中心地带的地图，他尽可能准确地指出了红色俾格米人的领地；同时，安德森先生也有一张图表，上面标记了传教士被抓走时的大致位置。这时，飞艇正从一片荒野的上空飞过。

"我们一定竭尽全力营救两位传教士。"汤姆说，"如果运气好的话，我估计不出一周我们就能到达红色俾格米人的领地。"

整整一夜，"黑鹰号"都在非洲大陆的上空飞行，飞过了丛林、森林、平原、河流、湖泊，当然，毫无疑问，还有当地的许多村庄。

第二天一大早，一片绿色的大草原呈现在冒险者眼前。数不清的村落星罗棋布，村落之间隔着河流、湖泊及稀疏的小片森林。

汤姆进入发动机室，提高了飞艇前进的速度。接着，他准备去驾驶室，启用自动驾驶装置，让飞艇根据地图的指示前往目的地。就在这时，他突然听到一阵金属碰撞和充满凶险征兆的断裂声。过了一会儿，又突然安静了下来。

"怎么回事？"尼德叫着。此刻，他正在发动机室。

"出问题了！"汤姆喊道。说着，他仔细检查起发动机室来。原来，螺旋桨停止了转动，加之此时气囊里根本没有气体，于是，"黑鹰号"开始向地面落去。

"我们在下坠！"尼德喊道。

"是的，主发动机坏了！"汤姆惊呼，"我们必须降落到地面，对飞艇进行维修。"

"天哪！"戴蒙先生跑了进来，吃惊地叫着，"现在，飞艇正处于非洲一个大村庄的上空。我们果真要降落到那群当地人中间吗？"

"只能这样了。"汤姆严肃地说。为了使飞艇能够滑翔着平缓落地，汤姆迅速跑到驾驶室去调整机翼。

"可怜的鞋油！"戴蒙先生听到阵阵鼓声和当地居民的叫喊声后，情不自禁地大叫起来。

过了一会儿，飞艇降落在了陆地上，一群当地人朝着飞艇飞奔而来。

第十三章

祈　雨

"大家都准备好枪！"德本先生准备离开机舱的时候喊道，"汤姆，别忘了带上你的电动步枪。马上就会有危险了！"

"可怜的弹药！"戴蒙先生喘着气说，"为什么？会发生什么事？"

"这些当地居民会袭击我们。"德本先生回答，"看哪，他们已经取出他们的弓箭和吹箭筒了！"

"如果事情发展到这种地步，那就糟糕了。"汤姆咕哝着说，"我们不能任由这种事情发生。"

汤姆带上电动步枪，跟着德本先生走到外面。安德森先生、尼德及戴蒙先生也跟着走了出来。大家人手一把枪，做好了应战准备。他们眼前全都是又高又瘦又黑的男人。这些人只有腰部裹着一块布遮挡着身体，头发上面还装饰着棍子、骨头及其他一些奇怪的东西。

这些人有的在狂跳乱舞，有的在挥舞着他们的武器——棍棒、矛、弓箭，以及由中空的芦苇做成的细长的吹箭筒。妇女和孩子们也跟着又蹦又跳，扯着嗓子大喊大叫。除了这些奇怪的喧闹声外，还有战鼓和手鼓的声音，以及一种类似于圣歌的歌声。同时，还有一些穿着怪异的野兽皮毛的人从一间大茅屋里列队走了出来。

"是巫师！"汤姆说。在一本关于非洲旅行的书上，他看到过有关巫师的描述。

"他们会攻击我们吗？"尼德大声问。

"可怜的圣歌！我可不希望被袭击！"戴蒙先生说，"如果我们会说当地的语言就好了，可以让他们知道我们没有恶意。"

"如果实在不能用语言进行交流，我想我们就只能用枪说话了。"汤姆严肃地说。

"他们的语言我会说一点。"德本先生说，"不过，这些家伙究竟要干什么呢？刚开始我还以为他们会发动群体攻击。看样子他们并没打算那么做。"

"是呀，他们好像在为我们跳舞呢！"汤姆说。

"我明白了！我一开始怎么就没想到呢？这些当地人正在

欢迎我们呢！"

"欢迎我们？"尼德说。

"是的。"安德森先生说，"他们正在为欢迎我们而跳舞。为了向我们表示尊重，连巫师都被请来了。"

"没错。"德本先生也赞同安德森先生的看法，他正在仔细聆听那些穿着兽皮的当地人的圣歌，"我听懂了一些，他们把我们当成了来自另外一个世界的神灵，所以正在欢迎我们。我再试试，看能不能听懂更多。"

就在这时，呼喊声和圣歌的曲调突然改变了，人们跳得更加热情，就连小孩都狂野地跳着。巫师们疯了似的跑来跑去，看上去就像印第安人所跳的舞蹈。

"我明白了！"德本先生大声喊道。"他们正在请求我们降雨呢。听起来这里好像发生了干旱，不过他们自己的巫师祈雨失败了，上天没有降下一滴雨。"

"如果我们也不能让雨降下来，那会怎样？"汤姆问。

"那他们就不会像现在这样高兴了。"德本先生回答。

"不过我们最好还是带上武器，以防万一。"安德森先生提议，"如果他们比较友好，那再好不过了。如果在此期间正好下雨了，他们一定会以为雨是我们带来的。那样的话，我们几乎想要什么就能得到什么。也许他们还藏了不少宝贝呢。"

"他们确实可能有宝贝。不过，这里下雨的概率太小了。汤姆，我们还要在这里待多久？"德本先生焦急地问。

"修好发动机可能需要两到三天的时间。"汤姆回答。

"看来在维修期间，我们就只能待在这里了。"德本先生说，"好吧，我们尽量让自己过得好一些。看，这里的首领也来欢迎我们了。"

只见一个身材魁梧的人向飞艇走来。他身着一件豹皮大衣，这可是身份的象征。他头上戴着一顶已经破损得非常厉害的圆顶窄边礼帽，这个礼帽很可能是花大价钱从商人那里买来的。这个首领——我们暂且这样称呼他——由一群随从和巫师陪同着。在首领前面走着的是一个矮个子男人，看样子是一名翻译员。这一小队人走到靠近飞艇的地方停了下来。首领深深地鞠了个躬，但不知是向飞艇鞠躬，还是向站在飞艇前面的冒险者们鞠躬。他的随从们也照着他的样子鞠了个躬，然后翻译员便开始讲话。

德本先生仔细听着，渐渐脸上露出几分喜色然后简单回答了那个矮个子男人几句。

"太好了。"德本先生对汤姆和其他人说，"首领果真把我们当成来自另一个世界的友好神灵了。他欢迎我们，并说我们可以得到任何想要的东西，同时请求我们降雨。我告诉首领，我们会尽最大努力，并且让他们给我们送些吃的。这是我们第一步应该做的。我们可以安全地待在这里，直到汤姆把飞艇修好。那时，我们就可以再次飞上天了。"

德本先生和翻译员之间的谈话又进行了一会儿。然后首领回到了他的茅屋，如德本先生所说，他拒绝了到飞艇上去看一看的邀请。当地居民们似乎也急着为飞艇腾出更多的地方。

大家激动的情绪总算是稳定下来了。过了一会儿，一群头上顶着篮子的妇女走向飞艇，篮子里装满了各种各样的食物，有香蕉、野果子、甘薯、用葫芦装着的羊奶、味美色鲜的炖羊羔肉，以及其他一些说都说不上名字的东西。

"我们是吃这些东西呢？还是吃戴蒙先生做的饭呢？"汤姆问。

"哦，你会发现这些食物的味道非常不错。"德本先生解释说，"之前我也吃过这种食物，味道非常好。看来在此期间，戴蒙先生可以休息几天了。"

德本先生为证明自己的话属实，带头吃了起来。不一会儿，其他人也开始分享这些食物。

吃完晚饭后，在尼德和戴蒙先生的帮助下，汤姆就开始修理发动机了。他发现，发动机的损坏程度远比他想象得严重。这样一来，修好飞艇至少需要四天的时间。

首领几次三番催促冒险者们念咒语祈雨，好在德本先生都想办法稳住了他。

"我不想欺骗这些单纯的人。"德本先生说，"并且为了我们自身的安全着想，我们不能假装会祈雨。一旦失败，我们的下场将会非常惨。所以只要一有机会，我们就马上逃离这里。"

然而，一件意想不到的事情改变了他们的计划。第三天下午，当时汤姆和他的朋友们正在努力维修发动机。突然，首领的茅屋附近好像发生了骚动。只见一个当地人从丛林里跑回村庄，似乎带回了什么消息。不一会儿，整个村子一片混乱。

首领和他的随从们又一次列队走向了飞艇。翻译员再次与德本先生进行交谈。

"感谢上帝！我们的机会来了！"矮个子翻译员刚一停止说话，德本先生就向汤姆喊着。

"怎么回事？"汤姆问。

"一个送信人刚才带回消息说，一群野象正朝村子方向奔来。首领担心象群会踩坏他们的庄稼——这种事经常发生。因此，他请求我们撵走那群家伙。这正是我们想要做的事情。来吧，汤姆，还有你们大家。在这里，飞艇会很安全的。这是因为，这群迷信的当地人认为胡乱摆弄飞艇，要么会招致死亡，要么会中邪。朋友们，我们的第一次丛林冒险就要开始了！"

在当地人激动的欢呼声中，那个带来消息的人引领着这群猎人走出村庄。在前进途中，汤姆和他的伙伴们可以隐约听到喇叭一样的叫声，以及这些庞然大物在奔跑中发出的轰隆隆的声音。

第十四章

愤怒的象群

"准备好你们的枪，伙伴们！"德本先生继续说，"如果被困在象群中，那就惨了。戴蒙先生，你的弹药充足吗？"

"弹药？可怜的弹药袋，我的子弹足够赶走所有的大象。不过，可怜的琴键！我想，我看到象群了，汤姆！"

戴蒙先生指向丛林，确实有什么东西正在丛林里移动：石板色的身躯，庞大的体形，鼻子悬吊在空中挥舞！果真是象群。紧接着，象群发出了喇叭一样特殊的叫声，而且声音越来越大，与此同时，矮树丛被踩踏的声音也越来越响，越来越近。

"象群在那里！"汤姆大叫着。

"汤姆只需要瞄准大象的脚趾开一枪，它们就没命了。"

尼德一边说着，一边急匆匆地往前靠近。

"或许吧。但是我想，我们尽量不去伤害它们，把它们赶走就行。嗨，象群好像正朝我们这边跑过来！"汤姆大喊。原来，象群突然转变了前进的方向和路线。

"是的，它们朝这边来了。"德本先生镇定地说，"不过没关系。放轻松，到时候全力射击就是了。"

"但是我不想伤害大象。"汤姆说。虽然这次出行的目的是打猎，但汤姆不想对日益减少的大象大开杀戒。

"我明白。"德本先生回答，"但是有时候这种做法很有必要。如果不赶走这些大象，它们会闯进村庄，然后用它们强有力的身躯摧毁一切。所以，大家团结起来，我们一起射击吧。这个位置不错！它们来了。大家都站好，准备！"

德本先生立定下来，其他人也照着他的样子做。那些当地人都躲在冒险者后面的丛林里，准备观看他们和象群之间的战斗。

在树林里，这群猎人的位置并不在一条直线上。他们的前面是一群正在慢慢靠近的大象。大象一边走，一边吃着路边的嫩树叶。它们伸出长长的鼻子，卷走路边的叶子，然后又送到嘴里。有时，为了更方便地吃到叶子，它们甚至会将那些小一点的树连根拔起。

"大家都准备好，尽量不要伤害大象！"德本先生说。看到汤姆和其他人都准备好后，他发出了命令，"开枪！"所有人都瞄准大象行进的路前方开始射击。

雷鸣般的枪声回响在丛林里，象群里发出了愤怒而刺耳的咆哮声。

"有人打中了一头大象！"德本先生大声喊道，"一头大象受伤了。"

德本先生指着一头四处乱窜的大公象，这头大象发出刺耳的怒吼。其他的大象则聚集在一起，围成一个紧密的方阵——公象在外面，保护着母象和幼象。

被打伤的那头大象发出愤怒和悲伤的咆哮声，它高举着鼻子，向前冲过来，后面还跟着一群长着超大象牙的公象。

突然，德本先生大喊着："所有人都开枪！象群向我们跑过来了！如果我们不制止它们的话，它们就会踩平田地和村庄，甚至还有飞艇！朋友们，继续开火！"

公象发出令人恐惧的吼声，在前面领头跑着，母象和幼象在后面跟着。

"象群受到太大的惊吓，它们在做殊死抵抗！"安德森先生一边射击，一边大喊着。德本先生慌慌张张地修理着卡壳的步枪。尼德和戴蒙先生也忙着开枪，汤姆也把电动步枪的威力调整到最大。接着，汤姆用隐形子弹朝来势汹汹的象群前方的道路一阵猛射。大象既愤怒又害怕，这会儿像疯了一样。

第十五章

夜间来袭的狮子

　　眼前的这种情形让正在旁观的当地村民们受了惊吓，他们大喊大叫着，祈求神灵保佑。不一会儿，他们又四散开来，进入丛林，希望避开象群的追击。汤姆和他的伙伴们也开始快速逃离。

　　"我们唯一的办法就是在侧面袭击它们，然后迫使它们改变前进的方向！"德本先生大叫着，"到了开阔的地方后我们再开枪。这里的路很窄，大家快跑！"

　　不用德本先生提醒，大家都一路狂奔，戴蒙先生匆忙中把帽子掉了，也顾不上停下来去捡。

　　"我们千万不能被象群追上！"汤姆说，"德本先生，现在你的枪能用了吗？"

"还是不能，恐怕出了问题。我们得指望你的电动步枪了，汤姆。你的枪还有电量吗？"

"还可以发射十几枚无形子弹。不过，尼德和其他人的弹药还很充足。"

"不要……指望……我！"戴蒙先生喘着气说。这时，由于跑得太快，戴蒙先生上气不接下气。

"我得再来几枪！"安德森先生说。

这时当地村民几乎已经全部消失在冒险者的视线里。他们非常擅长在丛林里快速穿梭。不管有没有路，他们的速度都很快。

汤姆他们身后紧跟着咆哮的象群。汤姆回头一看，发现大象的数量好像又增多了。

几分钟过后，这些冒险者来到一片开阔的地方。此时此刻，他们更像被捕猎的对象，而非猎人。

然而，那些大象仍然继续向前跑着。它们从丛林里一个接一个跑出来，然后集合到一起，紧紧围成一个方阵。最后，在几头体形较大的大象的领导下，它们又开始前进。看起来它们好像知道自己在做什么。

事实上，汤姆和他的朋友们并非毫无目的乱跑。这时，在象群的侧面，汤姆选好了位置，然后用电动步枪朝象群附近的地面一阵猛击。安德森先生也在开枪，尼德已经无比激动，也开始猛烈射击起来。

"嘿！让我用你的枪吧！"德本先生朝戴蒙先生大喊。

"可怜的弹药库！拿去吧！"戴蒙先生坐在树下喘着粗气说道。

德本先生接过枪，发现枪膛里只剩几发子弹，不过他还是把子弹的用处发挥到了极致。

一开始，象群好像根本无法击退，它们继续向村子的方向跑去。汤姆和他的伙伴们在象群侧面竭尽全力紧紧追击，不断开枪射击，试图尽快赶走这群大家伙。

一群村民担心他们的财产被毁，于是鼓起勇气冲出来，站在象群的正前方开始击鼓，同时大声唱着圣歌。

"恐怕我们不能击退象群了！"安德森先生嘀咕着，"汤姆，我们最好回到飞艇那边，保护好飞艇。"

但是，他刚说完，局势就扭转了。象群发狂似的咆哮着开始掉转方向，向丛林方向跑走。

"好险！"汤姆咕哝着，松了口气。事实确实如此，象群在决定掉头的时候，跑在最前面的大象距离第一排农舍仅有30米远了。

"汤姆，你说得没错。"尼德用手帕擦了擦脸说。此时，他和朋友们都变成了另外一番模样。弹药的烟雾把他们熏得黑黑的，路旁的荆棘擦伤了他们的身体，快速的奔跑让他们的脸色发红。

那些当地人高兴得都要疯掉了，他们载歌载舞地庆祝，同时，他们非常感谢这些来访者为他们所做的一切。

没多久，整个村庄呈现出一片忙碌的景象，人们都在为盛宴做着准备工作，其他部落的人也被邀请来参加盛宴。接下来几天，这个村庄一直在举行盛大的宴会，村民们不停地用歌唱的方式赞颂这些来访者及汤姆的电动步枪的神奇威力。

汤姆和他的朋友继续维修飞艇。一天晚上，汤姆终于宣布发动机修好了。第二天他们就可以出发离开这里了。

这天晚上汤姆和他的朋友们轻松地围着篝火坐在一起，一边吃肉，一边看当地人唱歌跳舞，或者做一些滑稽的动作。

突然，在当地村民粗犷豪放的庆祝声中，一声震天巨吼响了起来，听起来好像从远处传来的雷声，又像一艘大轮船的鸣笛声。

"那是什么声音？"尼德惊呼。

"狮子。"德本先生简短地回答，"它们是被肉味吸引过来的。"

狮吼过后，紧接着一声痛苦和充满恐惧的尖叫从飞艇后面传来。

"是狮子！"安德森先生大叫着，"狮子叼走了一个村民！"

汤姆立刻抓起步枪，向黑暗的丛林冲去。

第十六章

寻找传教士

"回来！"戴蒙先生和安德森先生同时喊着。德本先生则说："汤姆，在漆黑的夜晚，你要去追踪一头狮子吗？难道你想拿自己的生命开玩笑吗？"

"我不能让狮子叼走村民！"汤姆回答道。

"但是天色这么暗，你什么也看不到。"安德森先生反对说。很明显，安德森先生忘记了电动步枪的特殊功能。汤姆继续往前跑，其他人也在他后面慢慢地跟着。

听到狮子的咆哮声后，当地人马上停止了庆祝活动。现在，大家全都聚集在篝火周围，往篝火里添加更多的柴火，试图用火光吓走那可怕的野兽。

汤姆和他的伙伴们正走在丛林边上。这时，丛林里又传来了令人胆战心惊的咆哮声和怒吼声。"一定有许多狮子，"德本先生说，"这些家伙估计是饿坏了。我们这边的篝火与其他篝火比起来，要暗得多，所以狮子到了我们这边。那个村民一定是不小心走到林子边上才被狮子叼走的。哎呀，我想他已经完蛋了！"

"他还在叫呢。"尼德说。

"那头狮子就在附近！"汤姆突然说，"它就在丛林边缘。我想我可以抓到它！"

"不要太冒险！"德本先生说着抓起他那把已经修好的步枪。

汤姆消失在他们的视线里。现在，他已经进入丛林。在这片黑暗的林地里潜伏着多少饥饿的狮子还是个未知数。德本先生和安德森先生原本指望在黑暗里看见点什么，然后再开枪，但令他们失望的是，什么也看不见。尼德焦急地寻找汤姆的行踪，但已经看不到汤姆身在何处，他的心里产生一种莫名的恐惧。而戴蒙先生此刻正轻声为他能想起的所有东西祈祷。

丛林里又传来了那个村民痛苦的叫声，正如大家在后面所了解到的，狮子一路上叼着他的肩膀行走。

突然，茂密的丛林里出现一道蓝紫色的光。一瞬间，这道光就像一支升空的火箭一样，照亮了周围所有的事物。就在这时，尼德和其他朋友看到一个庞大的黄褐色的身影。那是一头狮子，它的头抬得高高的，嘴里拖曳着那个无助的人。

紧接着，在这道强光即将消失之前，大家看到这头狮子无力地倒了下去，它的头扭到一边，嘴巴张开着。此时，那个村民从狮子嘴里跌落到地上，他已经昏迷了。

"汤姆用他的电动步枪杀死了狮子！"德本先生大叫着。

"可怜的闪光！他的确做到了。"戴蒙先生高兴地说，"可怜的发电机！汤姆的电动步枪真是太棒了，强大得犹如夏天的雷电，温柔得犹如春天的细雨。"

德本先生看到狮子已经死了，于是叫过几位村民，让他们把受伤的人救走。村民们把受伤的人带回屋子，给他敷了一些草药，这种草药普通但却很有效，可以治愈他肩膀上被狮子咬烂的伤口。

汤姆在丛林里又发射了几枚电光来寻找更多的狮子，结果一头也没发现。然后，他和他的朋友们又回到了飞艇上，周围不停地传来村民的感谢声。

那天晚上，燃烧的篝火一直持续到天亮。夜间，尽管丛林里不断地传来狮子的咆哮声，但再没有一头敢冒险进入这片空旷的宿营地。

"黑鹰号"已经完全修好，机舱里装满了村民用来感谢他们送的宝贝。第二天早上，大家便准备出发。那些纯朴的当地人又拿来大量的食物和工艺品之类的东西，希望能挽留他们。

"但是我们必须得走了。"汤姆做出决定说，"我们在这里每多待一分钟，那两位传教士就多增加一分危险。"

"汤姆，你说得对极了。"安德森先生严肃地说，"营救他们是我们义不容辞的事。"

就这样，飞艇又飞上了天空，冒险者们向这些纯朴的当地人挥手告别。当地人为了表达他们的尊重和谢意，开始跳舞来为他们送别，他们不停地敲着鼓，一直到"黑鹰号"消失不见。

这次，汤姆对飞艇进行了彻底的检修，所以此刻飞艇的运行状况良好。螺旋桨在空气中高速转动着，自动驾驶装置将飞艇维持在 600 米左右的高度。"黑鹰号"飞快地越过丛林。

经过大家商量，决定在接下来的时间里去寻找俾格米人的踪迹。他们已经知道了这些凶狠的俾格米人的大致位置，因此只需直接向目的地前进就好了。然而，非洲幅员辽阔，即使是乘着飞艇，他们能观测到的范围也非常狭小。

红色俾格米人体形小，可以住在很小的茅屋或洞穴里，而且他们的生活方式很原始，并不像大部分非洲人那样在某处建造长期居住的村庄，而是有移居的习惯。因此，正如尼德所说，他们就像跳蚤一样难找。

对于红色俾格米人的所在，冒险者们已经有一个大概的了解。"黑鹰号"到达那片区域后，他们向附近几个友好的部落打听红色俾格米人的下落，结果了解到红色俾格米人在他们经常出没的地方突然消失了。

"我想红色俾格米人一定听说我们正追踪他们的消息了。"

汤姆一脸严肃地说。

"他们一定是躲起来了。"安德森先生附和道。

汤姆将飞艇降到地面后和他的朋友们花了好几天的时间去打听红色俾格米人的消息。一些部落承认曾经听说过红色俾格米人，而一些经常念着咒语的迷信部落说他们从没听说过。

其中一个部落听到谣传，说红色俾格米人的领地距离他们的村子仅有几天的行程，但需要翻过几座大山才能到达。然而，当汤姆驾驶飞艇飞到那里时，他们看见的是一处杳无人烟的茂密丛林，里面到处都是狮子和其他野兽，却没有红色俾格米人的任何踪迹。

"我是不会轻易放弃的，"汤姆坚定地说，其他朋友也附和着。于是，"黑鹰号"又继续前进去寻找那两位被俘的传教士。时间一天天过去，还是一点消息都没有，大家越来越没有信心了。

"恐怕即使我们找到他们，"安德森先生说，"找到的也仅仅是他们的尸体。"

为了打探消息，他们又降到另外一个村庄去，但还是一无所获。

第十七章

野牛来袭

一天下午，汤姆和他的朋友们正坐在阴凉处，一边擦拭他们的步枪，一边谈论他们接下来的计划。就在这时，他们突然发现旁边村落的村民一阵骚动。

"是有什么东西来了。"尼德说。

"也许会有一场战斗。"汤姆警示大家。

"没准儿是红色俾格米人。"戴蒙先生说，"可怜的……"

不过，还没等戴蒙先生把话说完，他就发现，那些当地人如隐身般消失了。事实上，他们要么藏进了草丛里，要么跑回了茅屋里。

"会是什么呢？"汤姆说着检查了一下电动步枪，确定没有问题。

"应该是什么敌人。"安德森先生说。

"快看那边！"尼德大喊。这时，村庄周围的草原上，一群暴怒的非洲野牛①从高高的草丛里冒了出来。这群毛发粗浓杂乱的家伙一直向前冲着，它们那长长的尖锐的角就像令人望而生畏的矛一样。

"又有新游戏了！"汤姆说。

"不！不是游戏！危险！"德本先生大喊着，"野牛正朝我们冲过来！"

"那我们就阻止它们，"汤姆说着举起了电动步枪。

"不！不！"德本先生恳求道，"想阻止这群野牛，我们恐怕连命都得搭上。即使用格特林机枪也做不到。我们能杀死的野牛数量很有限，它们不把我们连同飞艇一起踏平，它们是绝对不会停止进攻的。"

"那我们该怎么办呢？"安德森先生问。

"到飞艇上去！"德本先生建议，"这是我们避开野牛的唯一办法。当我们到达空中，我们就可以居高临下地开枪射击，然后赶走它们了！"

于是，冒险者们快速跳上飞艇，与此同时，野牛群向他们

---

① 非洲野牛，是非洲最危险的猛兽之一。成年野牛身高可达 2 米，身长 3 米，雄性野牛最重可达 680 千克。——译者注

狂奔过来，发出轰隆隆的巨响。汤姆担心发动机不能及时发动起来，不敢冒险用助跑的方式使飞艇升空，所以马上启动了气体制造机。

气囊开始被一点点填满。野牛越来越近，地面上发出雷鸣般的声音。它们看上去非常愤怒，咆哮着，奔跑着，喷着鼻息。

"快点，汤姆！"尼德大喊。就在最前面的野牛快要撞上飞艇时，"黑鹰号"突然冲向天空，这让野牛那无坚不摧的尖角无法发挥作用。这些冒险者及时升到了空中。

"现在该轮到我们进攻了！"尼德一边喊着，一边对准下面愤怒的野牛群开火。汤姆看到机器运行良好，于是让飞艇保持在一定的高度。他站在驾驶室里，操纵着飞艇。与此同时，他用隐形子弹不停地扫射野牛群。许多野牛已经倒下了，但是还有不少仍然继续横冲直撞。有些野牛冲到了当地人的居住区。转眼间，房子就被撞毁了。只要看到人，它们立即穷追不舍，看起来非常愤怒。

"继续开枪！"德本先生大叫着向野牛群不断地发射子弹，"如果我们不把它们赶走的话，这个村庄会被夷为平地的。"

第十八章

俾格米人的线索

　　汤姆和他的伙伴们还从来没经历过这种新鲜的打猎方式。在汤姆的操纵下，飞艇快速地移动着，一会儿在这边，一会儿在那边，紧紧跟着那些到处乱跑的野牛。

　　"汤姆，需要我帮忙吗？"尼德说，他正在快速地开着枪。

　　"我想不需要。"汤姆回答，他正一边操纵着飞艇，一边开枪射击。

　　其他人也忙着射击下面那些愤怒的动物。看起来，这像是一场没有必要的屠杀，但其实并不是。如果不是这些冒险者们，这个村庄就会被这群野牛夷为平地的。

　　周围连一个人影也没有，所有的村民都藏在丛林里或是深深的草丛里。

最后，野牛终于抵挡不住强大的火力攻势，发出一声声惊叫。牛群的首领找不到头顶上的敌人，于是率队立刻逃回森林。

"它们终于回去了！"德本先生说。

"是的。它们撤退了，这真令人高兴。"安德森先生补充说，然后松了口气。

"得给这把电动步枪再记一功。"尼德说。

"不，大家的功劳也不小。"汤姆谦虚地说。

"可怜的弹夹！"戴蒙先生说，"我从来没有杀过这么多动物。"

"是的。这些野牛足够村民们吃一个礼拜了。"德本先生说。这时，汤姆正在调节飞艇的升降舵准备下降。

"照他们的进食速度，这些食物维持不了多长时间。"汤姆说，"我从来没见过胃口这么好的人，他们好像一天到晚不停在吃东西。"

当地村民知道危险已经过去了，纷纷从藏身的地方走出来。他们再次唱起赞歌，歌颂这些神勇的猎人。

有些野牛体形特别大，并且长着很不错的牛角。汤姆和尼德请村民们割下牛角，给他们留作纪念。这些牛角被搬进了飞艇，与其他珍宝放在一起。

由于还有更重要的事情要做。于是，第二天他们就向当地村民们道别，再次开始了他们寻找红色俾格米人的旅程。期间，他们在几个村庄降落了几次，向当地人打听了传教士的居住地被洗劫的事情，但是仍然一无所获。

"好吧，我们得继续前进。除此之外，别无选择。"德本先生说。

"如果我阻碍了你们的打猎计划，那真的非常抱歉。"安德森先生说，"也许我该自己去完成这个任务，雇佣一帮当地人帮我寻找红色俾格米人。"

"没关系！"汤姆热情地说，"我之前说过，我们会帮你营救那些传教士，我们就一定会做到！"

"当然得做到。"德本先生声称，"现在，我们的猎物已经够多了。虽然我还需要一些来卖个好价钱，但是我们可以在营救传教士之后再去找寻其他猎物。没准儿在红色俾格米人的领地，也有许多猎物呢。"

"我们总是坐在飞艇上也不是办法。汽油是不是快用完了？"安德森先生说。

"不，我们的汽油储备非常充足，还可以再维持一个月。"汤姆回答。

"在丛林里，万一汽油用完了，我们该怎么办？"尼德问。

"可怜的书包！这个问题真让人感到不快！"戴蒙先生说，"尼德，你像极了我的一个好朋友帕克先生，他总是那么忧郁，老是杞人忧天。"

"呃，我只是随便说说而已。"尼德尴尬地说。

"放心吧，不会出问题。"汤姆说，"如果发动机没有了燃料，那我们的飞艇就会变成一个热气球，风会把我们吹到目的地的。我准备了许多用来制造气体的化学原料。"

既然确定不会出事，而且心中的顾虑也消除了，尼德于是走进观望塔里，悠闲地观察起地面的丛林。

一片片茂密的丛林起起伏伏，有时可以看见疾驰的斑马及树上的猴子，偶尔还能看到野牛群，或是一头离群的大象，还有成千上万形形色色的鸟儿。

一天，他们降落在一个大村庄的边上，准备打听红色俾格米人的消息，但这个部落的人似乎不太愿意提起红色俾格米人。

汤姆和他的朋友们一直不能理解这一点，直到他们看见一个巫师——从前，在非洲打猎时，德本先生见过这个巫师。

"在我们村庄附近的森林或雨林里，红色俾格米人随时可能出现。"这个巫师说，"这里的村民十分避讳谈及他们。"

"德本先生，你觉得巫师的话算得上线索吗？"汤姆急切地问，"红色俾格米人距离我们也许比我们想象中的更近一些。"

"有可能。"德本先生赞同地说，"假如我们在这个地方多待上几天，我会试着说服几个当地人去帮助我们寻找红色俾格米人，或者至少为我们提供一些相关的线索。"

大家认为这个主意不错，于是决定在这个村庄待一个星期左右的时间。冒险者们给当地的首领、首领的侍从及巫师（巫师在当地掌握着很大的权力）送了一些小饰品。这样一来，他们获得了这些当地人的信任。接着，他们承诺给予那些大胆寻找线索的人丰厚的回报。于是，德本先生终于说服几个当地人去丛林里寻找红色俾格米人的线索。

"现在我们只能等了，"安德森先生说。

一个炎热的下午，汤姆和戴蒙先生散着步走进一片丛林。汤姆随身带着电动步枪，以防被危险动物袭击。然而，除了几只大猴子外，他们什么都没看到。

"我想坐在这里休息一下。"在徒步走了大约 1000 米、来到丛林里的一片空地上时，汤姆对戴蒙先生说。

"好的，我想再走走。"戴蒙先生说，"德本先生说，这些丛林里有一些珍稀的兰花。我特别喜欢兰花，我想试试看能不能弄到几株。"

说完，戴蒙先生就消失在了长满苔藓的丛林里。汤姆坐了下来，他的脑海里浮现着许多事，但有两件事情刻不容缓——找到红色俾格米人和营救传教士。

正在沉思时，汤姆突然听到在戴蒙先生前行的方向发生了骚动，听起来像是有人在快速奔跑。然后，他听到戴蒙先生的一声枪响。

"他一定是看到了什么猎物！"汤姆说着跳起来，准备去找他的朋友。不过，还没走多远，就见戴蒙先生从丛林里冲了出来，一脸惊恐。他的一只手把枪举过头顶，另一只手拿着遮阳帽前后挥舞。

"它们来了！"他向汤姆喊着。

"谁！红色俾格米人吗？"

"不，两头犀牛正在追我呢。我打伤了其中一头，它和它的伴侣正在追我。不要让它们追到我，汤姆！"

戴蒙先生特别惊慌，因为他前脚刚从丛林里出来，两只凶猛的犀牛后脚就跟着跑出来了。

汤姆没多想就举起他那致命的武器，按动了按钮。一股无线电流向跑在前面的一头犀牛射去，那头犀牛瞬间就倒下了，但它并没有死，而只是晕过去了。因为汤姆将电流调小了一些。另外一头犀牛发出低吟，继续往前跑着，愤怒地喷着鼻息。

"快躲开！"汤姆大叫着说。此时，他的朋友正好挡在犀牛前面。"跳到一边去，戴蒙先生。"

戴蒙尝试着照汤姆的话去做，但是他不用跳了，他不小心绊倒在地，顺势滚到了一边。那头犀牛突然转向向戴蒙先生跑去，准备用它那可怕的尖角顶这个倒在地上的人。汤姆又开了一枪。这次和之前一样，这头野兽马上就晕倒在地了。

"你受伤了吗？"汤姆焦急地问。戴蒙先生慢慢站起来，检查了一下全身各处后回答："没有，汤姆，我想我没事，只是刚才那一跤摔得有些丢人。以后，除非你和我在一起，否则我绝不会向一头睡着的犀牛开枪了。"他真诚地握了握汤姆的手。

"你看到兰花了吗？"汤姆微笑着问。

"没有，这些野兽没有给我机会！可怜的卷尺！它们的体形可真大啊！"

汤姆并没有杀死这两头犀牛，因为犀牛的数量已经极少了。在汤姆和戴蒙先生走后没多久，这对受伤的犀牛夫妇就恢复了，它们又回到了丛林中。

经过这件事情，戴蒙先生再也不敢一个人进入丛林了，而且其他的朋友也没有再去冒这种险。

他们在这个村庄待了整整一个星期，但还是什么消息都没有。事实上，那些寻找线索的人回来后，告诉他们说，在村庄附近没有发现任何红色俾格米人的踪迹。

"哎，我想我们最好还是继续前进吧！然后看看我们自己能做些什么，再等下去也不是办法！"德本先生说。

"我们再等等最后一个寻找线索的人吧。"汤姆建议，"也许他会带回来消息。"

"他的朋友认为，他永远都不会回来了。"安德森先生说。

"为什么？"尼德问。

"他们认为他已经被某种野兽杀死了。"

但是这种担忧是毫无根据的。

第二天，汤姆正在飞艇的发动机室里进行检修工作。突然，当地人中间发出了一声大叫。

"我想知道到底出了什么事？"汤姆琢磨着走到机舱外。他看到德本先生和安德森先生正向飞艇跑过来，后面跟着一个疲惫的人。汤姆一眼就认出，这个疲惫的人正是那个已经离开多日的消息打探者。汤姆的心怦怦地跳着，充满了希望。这个人会带来好消息吗？

德本先生走上前来，对汤姆挥着手。

"我们已经找到他们了！"他喊着说。

"是红色俾格米人吗？"汤姆急切地问。

"是的，这个人带来了消息。他到达了俾格米人领地的边界，差点被俘。然后，他又遭受了一头狮子的袭击，受了点儿轻伤。汤姆，现在我们马上就可以动身了！"

"太好了！"汤姆欢呼起来，"这真是个好消息！"他们又可以行动起来了，汤姆非常高兴。现在，他已经厌倦了非洲的露宿生活，同时他早就想开展营救行动了，这种心情非常迫切。

第十九章

求 救

　　这个消息打探者向大家讲述了他的经历。他因为胆大，所以比任何一个同伴走得都远，最后进入了丛林的深处，这里没有几个人敢冒险进去。

　　对找到红色俾格米人几乎就要失去信心的时候，他的运气来了。一天下午，他突然听到森林里有声音，于是蜷伏在一棵倒下来的树后观察情况。接着，他看到了几个路过的红色俾格米猎人。他们携带着弓箭和吹箭筒等装备，很显然，他们是出来打猎的。这个勇敢的人小心地跟在他们后面，直到发现了红色俾格米人的村庄——这个村庄只有非常简陋的土坯房。

整整一夜，这个人一直隐藏在红色俾格米人的村庄附近继续观察情况，还差一点被抓到。这个勇敢的人最后爬上了一棵树才侥幸逃脱。脱离危险后，为了确认路线，他就开始仔细做着标记，直到黎明的时候才离开。当快要到达村落的时候，一头狮子袭击了他。在与狮子的搏斗中，他的一条腿被抓伤了，但他最终还是用矛刺死了狮子。

"你认为我们可以找到俾格米人所在的地方吗？"尼德问。

"我认为可以。"德本先生回答。

"不过，这个人看到的俾格米人村庄会有传教士吗？"汤姆焦急地问。

"目前还不清楚。"安德森先生说，"对此，他也无法确认。不过，只要我们有了这些线索，我想找到俘虏传教士的部落就容易多了。"

"不管怎么说，我们还是马上开始行动吧。"汤姆说。第二天，大家告别了这个村子，乘着"黑鹰号"飞上了天空，又一次惊心动魄的冒险就要开始了。

汤姆认为最好在到达红色俾格米人的领地上空之前把飞艇降落在地面上，并把它藏起来。"我们可能被俾格米人发现。他们不知道飞艇是什么东西，但是会提高警惕，然后把俘虏藏到丛林更深处。到时候，我们就很难找到传教士了。"汤姆说。

大家采纳了汤姆的建议。

打探者花了好几天时间才到达的地方，飞艇只用了一天的时间就到了。他们打算尽量把飞艇停在离红色俾格米人远一些的地方以保证安全。这天晚上，德本先生发现了打探者描述的一个地标，过了这个地标就是红色俾格米人的村庄了。

在茂密的丛林深处，汤姆选择了一块小空地把飞艇降下来。他们决定在这块空地上宿营。

接近午夜的时候，汤姆被机舱外的声音惊醒了。他坐起来，伸手拿起电动步枪。飞艇甲板上不断传来窸窸窣窣的脚步声，声音很轻，在慢慢移动，像是一头狮子或是老虎走在木板上时发出来的。汤姆不由自主地感到一阵害怕，他隐隐觉得头发都竖了起来，脊背也一阵发麻。

"外面好像有什么东西！"他小声说，"我到底该不该叫醒其他人呢？不，如果只是一头偷袭的狮子，那么我一个人就可以解决它，但是……"汤姆想到了另外一种可能。

红色俾格米人！他们就是赤脚行走的！在黑暗中，也许他们发现了飞艇，现在正准备包围飞艇。

汤姆的心跳开始加速。他轻轻地下了床，手里拿着电动步枪，向通往甲板的机舱门口走去。他轻轻地叫醒了尼德和德本先生，然后把他的担忧说了出来。

"如果外面真是红色俾格米人的话，我们就得用上所有的武器了。"德本先生说，"尼德，叫醒戴蒙先生和安德森先生，让他们把枪带上。"

大家很快就准备好了，并且完全警戒起来，他们都竖起耳朵仔细地听着外面的动静。飞艇里面一片漆黑，外面的篝火也已经熄灭了。过了一会儿，他们仍旧可以听到甲板上的脚步声。

"听起来像是一个人或是一只动物。"尼德低声说。

"是的。"汤姆说，"再等一会儿，我用电动步枪发射电光，这样我们就可以看清飞艇外面的东西了。"

其他人趴在窗口准备观察甲板上的情况，汤姆把电动步枪从门缝里伸出去，然后向黑暗里开了一枪。接着，一道蓝紫色的光出现在夜色里，甲板一下被照亮了。瞬间，大家看到甲板上蹲着一个高大的黑皮肤的人，这人正紧张地注视着他们。

"是一个黑皮肤的人！"电光消失后，汤姆喘着气，惊讶地说，"你是谁？你想要干什么？"汤姆大声喊着，他忘了当地人根本听不懂他的语言。但是让大家都颇为震惊的是，这人竟然用生涩的英语回答了他们："我是托姆巴！我是来找人营救伊林威先生和伊林威夫人的。我是从红色俾格米人那里逃出来的。我是一个信奉基督教的人。哦，如果你们是美国人，请帮帮伊林威夫人吧——她快要死了！请帮帮忙吧。我虽然跑出来了，但是我没有办法救他们！请帮帮忙吧！"

第二十章

开 战

一时间，汤姆和他的伙伴们都惊讶得说不出话来。听到一个当地人说英语，他们已经非常震惊了，再加上在午夜的时候他竟然突然出现在飞艇的甲板上，这更加让他们觉得不可思议。

"托姆巴！"汤姆沉思着，他感觉之前好像在什么地方听到过这个名字，"托姆巴？"

"对了！"安德森先生突然大叫起来，"你不记得了吗？这是伊林威夫妇雇佣的仆人的名字，就是他逃跑以后把伊林威夫妇被俘的消息告诉了大家。"

"我们必须得弄清楚。"汤姆说，"托姆巴，你还在吗？"他喊着，然后又向甲板上开了一枪，托姆巴马上暴露在亮光下。

"是的，我在。"托姆巴回答，"哦，你们是美国人，我看出来了。请救救伊林威先生和伊林威夫人吧。那些红色的魔鬼马上就要杀死他们了。"

"进来吧！"汤姆喊着，打开了飞艇上的电灯，"进来跟我们详细讲讲吧。托姆巴，你为什么会在这里呢？"

"也许有两个托姆巴。"尼德说。

"可怜的剃须刀！"戴蒙先生叫着，"也许尼德是对的！"

托姆巴进入飞艇后，看到飞艇上许多稀奇古怪的东西，眼睛里充满了困惑。他们仔细询问了托姆巴，然后才了解到他是那场战争的幸存者，也正是托姆巴把他的主人被俘的消息透露给外界的。他企图组织一帮人和他一起回去营救伊林威夫妇，但失败了。托姆巴心里无比痛苦，他对主人非常忠诚。伊林威夫妇被俘后，他不想苟且偷生。于是，他又回到了丛林，准备凭借自己的力量救出伊林威夫妇。

经历了令人难以置信的艰难与挫折后，他终于找到了红色俾格米人，并甘愿沦为他们的俘虏。拥有这样一个强壮的俘虏，红色俾格米人特别高兴，于是，没有杀死他。红色俾格米人同意把他和他的主人囚禁在一起。

时间一天天过去，红色俾格米人不仅没有杀死他们，反而对他们很好。不过，现在红色俾格米人的一个年度节日盛典马上要举行了，他们打算用这些俘虏来祭祀。

托姆巴用他蹩脚的英语继续讲述他的故事。伊林威夫妇劝告他，只要一有机会就赶快逃跑。他们知道，只要托姆巴摆脱俾格米人的控制，他就可以穿过丛林脱离危险。然而，他们自己做不到。即使看守他们的红色俾格米人放松戒备，他们也无法穿越危机四伏的丛林。

托姆巴拒绝一个人逃跑，直到伊林威先生对他说，他逃跑以后，也许可以找人来营救他们，他才勉强同意。随后，托姆巴瞅准机会，成功逃了出来。这件事就发生在几天前的一个夜晚。从那以后，他一直穿梭在丛林里。而在好奇心的驱使下，他走到了飞艇上。

"好吧，原来是这么回事！"听托姆巴讲完他的故事后，汤姆说，"接下来，我们该怎么办？"

"我们现在准备好，然后去袭击那些红色俾格米人！"德本先生斩钉截铁地说，"如果我们再等下去，拯救伊林威夫妇恐怕就来不及了！"

"我也是这么想的。"安德森先生说。

"可怜的弯刀！"戴蒙先生大叫着，"我想马上就去会会那些红色俾格米人！出发吧，汤姆！"

"现在还不能去。等天亮后，我们才能与他们作战。"汤姆看到朋友们这么激动，微笑着回答，"明天一早，我们再出发。"

"乘坐飞艇吗？"戴蒙先生问。

"是的。"汤姆回答，"夜色很暗，这种环境下暴露对我们非常不利。到了白天，我们从这里起飞，直接飞临红色俾格米人的领地上空。这样一来，他们就没机会逃跑了。此外，徒步穿过丛林耗时过长。现在，托姆巴逃跑已经被发现了，为了防止伊林威夫妇被救走，红色俾格米人很可能会处死他们。"

"那么，明天一大早，我们立即出发。"德本先生说。

第二天，他们带上托姆巴，乘坐飞艇，赶往目的地。托姆巴从未见过飞艇，更别说乘坐飞艇了。他特别害怕，在做了无数次祈祷后，他才同意上飞艇。

此刻，冒险者们已经弄清楚，伊林威夫妇被囚禁的村庄并不是之前的打探者发现的那个，因此他们需要托姆巴作为向导。

"我们马上就要到达那里了。"这时，托姆巴说，"过了前面的小山就是红色俾格米人的居住地了。"

"好吧，我们马上就可以越过小山。"汤姆严肃地说，"我想，大家最好拿出枪，准备作战吧。"

"一见到红色俾格米人，我们就开枪吗？"戴蒙先生刚才走了进来，听到汤姆的建议，马上就问。

"这个……"汤姆回答道，"如果可以避免的话，我想我们还是不要挑起事端为好。我不喜欢做这种事，不过也许我们会迫不得已。我打算在靠近囚禁传教士的屋子时再让飞艇降落，托姆巴可以认出是哪间屋子。到时候，如果能够顺利救走他们，那就再好不过了。"

飞艇越过那座小山后，大家都紧张地望着地面。突然，他们看见一片开阔的平地上分布着许多土坯房。房屋四周生长着密密的树林。就在这时，一群疯狂的小矮人出现了。虽然没用望远镜，但还是可以发现这些小家伙身上长满厚厚的毛。

"是红色俾格米人！"汤姆大叫着，"现在准备救人！"

托姆巴指着囚禁他主人的屋子，显得非常急切。汤姆让他的同伴们准备好武器，然后驾驶飞艇驶向囚禁伊林威夫妇的屋子。不一会儿，"黑鹰号"开始快速下降。在接近地面时，为了防止下降速度过快，汤姆迅速扳动了升降舵。接着，"黑鹰号"的机轮轻轻落在地面上。

"伊林威先生！伊林威夫人！我们来救你们了！"汤姆走上甲板，手里拿着电动步枪大喊着，"你们在哪里？可以出来吗？"

屋子的门"哗"的一声开了，一个男人和一个妇女冲了出来，只见他们穿着破烂的兽皮衣服。即使这样，大家也可以辨认出他们就是伊林威夫妇。看到飞艇后，他们满脸的疑惑，然后突然跪在了地上。

过了一会儿，只见一群野蛮的红色俾格米人冲过来将他们团团围住，非常粗鲁地将他们重新拉回了屋子。

"走吧！"汤姆呼喊着，准备跳到地面上去，"机会不容错过，我们现在就去救他们！"

德本先生把他拉了回来，然后指着一群红色俾格米人，他们正在向飞艇冲来。

"他们能瞬间把你撕成碎片！"德本先生说，"我们必须在飞艇上和他们战斗！"

天空中传来一种奇怪的声音，像哨子发出的。德本先生向上看了一眼。

"大家快躲开！"他大喊着，"他们正向我们射箭！都躲起来，箭头上可能有毒！"

汤姆和他的朋友们马上进入飞艇，箭像雨点一样吧嗒吧嗒地落在甲板上，几千个的红色俾格米人冲上前来准备开战。

此刻，囚禁传教士的屋子非常安静。汤姆怀疑伊林威夫妇现在是否还活着。

"该是我们反击的时候了！"德本先生愤怒地说，"现在必须用枪了。快用你的电动步枪，汤姆！"

德本先生在说话的同时，向这群尖叫着的红色俾格米人开了一枪。

就这样，战斗开始了。

第二十一章

被 击 退

红色俾格米人虽然身高不足 1 米，但他们的身体非常强壮，再加上他们人数众多，且非常团结，所以他们比正常身高的当地人厉害。红色俾格米人今天的作战目标十分明确，就是歼灭汤姆他们这些突然造访的"敌人"。

"可怜的乘法表！"戴蒙先生大叫着，"红色俾格米人的数量可真多啊！"

"简直是太多了！"汤姆一边用电动步枪射击红色俾格米人，一边低声抱怨着，"恐怕我们永远也无法打退他们。"

事实上，红色俾格米人从四面八方甚至是丛林的深处不断涌过来。他们发出令人恐怖的叫喊声，挥舞着他们的矛和棍子，有的用弓箭，有的则用吹箭筒。汤姆和他的朋友们都躲在飞艇里，所以没有人被伤到。值得一提的是，飞艇上还专门留有插入步枪的射击孔。

汤姆和他的朋友们只想击退俾格米人，并不打算杀死他们，所以尽量避开要害部位射击。他们以为，这些人受伤了以后就会停止战斗了，然而事实并非如此，他们即使被打伤了还是会继续发动攻击。

汤姆的电动步枪正好适合这种战斗，因为他可以把电量调整到刚好可以击昏那些俾格米人，不论是打在身体的哪个部位都不会致命。所以，汤姆可以毫无顾忌地开枪，而其他人则必须小心一点。汤姆打晕了许多俾格米人，然而，又有一些俾格米人冲上来。

冒险者们的持续射击使得俾格米人在第一轮战斗中败下阵来，但是紧接着又一群俾格米人冲了上来，这次来势更加凶猛。有些胆大的俾格米人甚至跳上了飞艇的甲板，企图将窗子上的挡板撕下去。最后，他们成功地撕破了尼德开枪的窗子，一个小洞出现在窗子上。

通过这个小洞，俾格米人射进来几支箭，其中一支射中了尼德的胳膊，还好伤势不重。汤姆的脖颈也被一支箭给擦伤了，接着德本先生的腿部也被射中了。经过简单包扎，德本先生马上又回到了战斗岗位。尼德也为伤口敷上了抗菌剂，他说他又可以继续作战了。

汤姆的电动步枪的电量充足，他一边开枪，一边时不时看一眼关押传教士的屋子。汤姆注意到里面没有任何动静。他开始怀疑屋子里面的伊林威夫妇发生了不测。

红色俾格米人一波接着一波地向飞艇涌过来。看起来，不摧毁飞艇他们不会罢休的。无奈之下，这些冒险者们加大了火力。电动步枪的使用最为方便，汤姆不用像其他人一样停下来补充弹药。

突然，除了战斗的吵闹声外，汤姆听到了一种不祥的声音，那是空气发出的嘶嘶声，他很清楚那是什么声音。

"气囊！"他大喊着，"俾格米人刺穿了气囊！气体正在溢出。如果他们再给上面扎几个洞的话，我们就彻底完蛋了！"

"那我们该怎么办呢？"德本先生问。

"如果不能打退他们，我们就只好暂时撤退！"汤姆绝望地说，"我们必须保住飞艇，这是我们唯一的希望。"

又一群俾格米人冲了上来。他们已经发现气囊是最为脆弱的地方，所以都把箭瞄准了气囊。

"我们必须得撤退了！"汤姆大喊着冲进了发动机室，开始发动机器。两个巨型螺旋桨旋转了起来，"黑鹰号"开始在这片平坦的草地上滑行。红色俾格米人看到飞艇动了起来，感到无比震惊，他们四处逃窜，正好给飞艇让出了一条跑道。借助两侧宽大的机翼，飞艇很快飞到了天空。

第二十二章

夜间偷袭

"哎，我们该怎么办？"汤姆问。

"可怜的雷管！红色俾格米人是我见过的最可怕的对手。"戴蒙先生无助地说。

"气囊破损严重吗？"尼德问。

"等会儿，"为了加快飞艇的速度，汤姆用速度控制杆将速度提高了3倍，然后继续说，"我们接下来该怎么办？是逃跑还是任由让两位传教士被俾格米人杀死？"

"我们当然得继续救他们！"德本先生勇敢地说，"不过，我们也不能待在下面，红色俾格米人会把飞艇毁掉。"

"你说得对。"汤姆赞同地说，"如果我们没有了飞艇，那么不仅救不了传教士，我们自己也会送命。但是我们接下来该怎么办呢？我讨厌战败的感觉！"

说着汤姆和他的朋友们向下看了看，凶猛的俾格米人正从四面八方涌向他们刚刚逃离的那个村庄。他们是从丛林里出来的，并且带着棍子、弓箭及那些体积虽小杀伤力却很强大的吹箭筒。

"他们是从哪里来的？"戴蒙先生问。

"从周围的部落。"德本先生解释，"他们被召集起来和我们作战。"

"但是刚刚和我们作战的家伙怎能如此快速地通知别人呢？"尼德问。

"哦，他们有传递信息的信号。"安德森先生解释，"首先，他们可以用鼓奏出一种调子，这种用空心树制作的鼓可以将鼓声传到很远很远的地方。其次，他们的奔跑速度非常快，而且可以穿过丛林里的小道。除了以上两种方法以外，他们还会释放烟雾作为信号。用这些方法，他们可以把所有部落的人召集起来参战，这次它们很有可能就是这么做的。另外一种可能是我们的枪声把这些家伙给吸引了过来。如果我们都有一把汤姆那样的电动步枪，我们就不会制造出枪响了。"

"哎，这次我的电动步枪也不怎么好使。"汤姆说。这时，他已经让飞艇停止了前进。依靠气囊的浮力作用，飞艇停在草地的上空盘旋。这个位置能看见刚才的村庄。天空一丝风也没有，飞艇再没向前移动。"那些家伙好像根本不在乎被打伤或是被打死。对他们来说，枪击就像被蚊子叮了一样。"

"除非我们有一支军队，并且全部配备了电动步枪，这样我们才能成功地击退他们。"德本先生说，"现在，他们的人数已然很多，并且每分每秒都在增加。我真希望伊林威夫妇此刻还活着。"

"是啊，我们只能往好的方面想了。"安德森先生插进话来，严肃地说，"但是，我想像汤姆一样问大家，我们接下来该怎么办？"

"可怜的博士帽！"戴蒙先生说，"依我看，既然在白天我们不能与他们公开较量，那么我们只能做另外一种选择了。"

"另外的选择是什么？"汤姆问，"逃跑？我可不想这样做！"

"不，不是逃跑。"戴蒙先生说，"我们可以在夜间袭击红色俾格米人。在晚上，我们依靠电动步枪发射的电光，可以看见周围的环境，而俾格米人不能。这样一来，我们就有优势了！汤姆，你认为呢？"

"我完全同意你的看法！"汤姆兴奋地说，他突然间充满了激情，"今晚，趁他们没有戒备的时候，我们就发动袭击。到时候，我们再看能不能把两位传教士从屋子里救出。为了更好地迷惑那群愚蠢的家伙，我们暂且先消失，让他们以为我们离开了。"

"这样做的话,伊林威夫妇该以为我们抛下他们不管了。"安德森先生反对说。

然而,暂时消失也是没有办法的办法。为了救出传教士,冒险者们只能这样做。于是,汤姆又一次启动了发动机,飞艇马上飞走了。

托姆巴请求冒险者允许他下去。然后,他会想办法告诉他的主人马上会有人来救他们。

"如果你被红色俾格米人发现,他们会立刻把你撕成碎片。"汤姆说,"你就待在飞艇上吧。今晚你一定能帮上大忙。"

"好的。如果能帮助你们对付俾格米人,我会很高兴的。"托姆巴咧嘴笑了一下,笑得有些勉强。

"我们应该找个地方降落,并且不让俾格米人发现。"汤姆说,"然后,赶紧修好气囊。"

最后,大家借助望远镜在丛林里找到一片荒凉的空地,正好可以容纳飞艇,周围是一片茂密的小树林。

飞艇慢慢落到地面上后,大家马上开始修补气囊上的漏洞。与此同时,戴蒙先生做好了午饭。于是,他们一边吃饭,一边讨论起夜间偷袭的事来。

托姆巴告诉大家,每天晚上俾格米人都会围着篝火吃烧烤,一直到很晚才会睡觉。大家商议后决定在俾格米人熟睡的时候,也就是深夜 2 点左右发动夜袭。

"大约 1 点的时候,我们从这里出发。我让飞艇飞慢一些。

如果可能的话，我们直接在关押两位传教士的屋子前降落。我来操纵飞艇，一旦遭遇俾格米人的袭击，你们其中一个来使用我的电动步枪。等我们救出伊林威夫妇之后，就快速撤离吧。"汤姆说。

当天下午，为了确保飞艇正常运行，汤姆和他的朋友们仔细检修了飞艇上的各个部件。接着，大家认真检查了自己的枪支，然后装入大量弹药。

刚过 1 点，飞艇就起飞了。汤姆操纵着飞艇，随时准备打开探照灯。他的电动步枪就放在触手可及的地方。不一会儿，他们看见那个村庄里的篝火仍在闪烁着，但是没有听到红色俾格米人发出的任何声音，或许他们真的都睡着了。

第二十三章

营 救

"汤姆，你能认出囚禁传教士的屋子吗？"尼德站在汤姆的身边问。说完，他向下望了望寂静的村庄。

"不是很清楚。如果我们有一架在晚上也可以看得见的望远镜就好了，这样一来成功的概率就会大一些。"

尼德又仔细地向下观察了好长一段时间。

"哎，我什么也看不到。"他说，"那些屋子看起来都一样，根本分不清，必须再飞低一点。"

"我不能那样做，"汤姆说，"要想让这次偷袭成功，我们必须谨慎、敏捷、迅速。如果我们飞得太低，很可能被俾格米人发现。那样的话，我们的计划就彻底被打乱了。"

"你说得没错。看来，我们应该直接到达那间屋子上空，然后快速降落，"尼德说，"但是如果我们找不见那间屋子……"

"我有办法了！"汤姆突然说，"托姆巴！他在夜晚也能看得见。我们可以让他找出囚禁传教士的屋子。"

"太棒了！"尼德大叫着。不一会儿，托姆巴就来到了驾驶室。他已经知道了汤姆的计划，于是透过黑暗，仔细向下观察。

"要不要再飞低一点？"汤姆问。

托姆巴起先没有回答汤姆。又观察了一会儿后，他突然高兴地叫了一声。

"我看到那间屋子了！"他抓着汤姆的胳膊说，"就在不远处！"他指着下面，但是汤姆和尼德什么也看不见。因而，汤姆只能依靠托姆巴的指点来决定何时该向左，何时向右。

"黑鹰号"缓慢地移动着。在慢速的情况下，"黑鹰号"并不像以每小时 140 千米的速度前进时容易控制。为了尽量不发出声音，此刻飞艇被当作热气球来使用，螺旋桨旋转只靠一台小型马达，这种马达由蓄电池驱动。尽管速度慢，但可以避免把红色俾格米人惊醒。

就这样，"黑鹰号"在夜空中前进着，冒险者们已经准备好了武器，悄无声息地等待着机会。此时，飞艇里一片漆黑，因为开灯会把自己暴露，那样一来，情况会变得更加危险。

"就在这里。"托姆巴终于找到了囚禁伊林威夫妇的屋子。他把头靠在驾驶室的窗户上高兴地说，"终于可以再次见到我的主人了！"

"是的，我也非常希望你能见到他们。"汤姆拉动一个控制杆，抽出了气囊中的气体，把它们压缩储存起来，以备下次使用。接着，"黑鹰号"开始向地面慢慢降落。

"准备好！"汤姆低声说。

每个冒险者都能感觉得到，这是一个无比紧张的时刻。除了汤姆，大家手里都紧紧抓着枪。只要飞艇一降落，他们就立刻跳出去。在黑暗中，汤姆熟练地操纵着机器。每一个旋钮、阀门和控制杆的位置，他都非常清楚，即使闭着眼睛，也能准确地找到它们。汤姆把装满子弹的左轮手枪放在面前的一个架子上，同时让驾驶室的侧门半开着。这样一来，待会儿，他就能快速冲出去。

在丛林里，托姆巴捡到过一根粗棍，这根粗棍现在成了他的武器。此时，跟大家一起行动，托姆巴已经准备好了。对于开始这次行动，托姆巴的心情非常迫切，尽管他不知道他和这些冒险者们会有怎样的遭遇。

到目前为止，没有任何声音打破夜晚的宁静。天特别黑，用于晚宴的篝火已经基本熄灭了。不过关押伊林威夫妇的屋子还能隐隐约约被分辨出来。

就在这时，飞艇开始轻轻地颤动，然后又向上微微地跳动了一下。

"终于成功着陆了！"汤姆轻声说，"现在开始行动！跟上来，托姆巴！"

汤姆手握两把左轮手枪，立刻冲到了甲板上。托姆巴紧跟在汤姆身后。其他人举着枪，时刻警惕红色俾格米人的攻击。大家已经商量好，当汤姆冲进屋子，一旦惊动看守人员，他们就立即开枪。

"开门！"汤姆对托姆巴说。身材魁梧的托姆巴用他的棍子猛地挑起屋门上的草帘，接着推开了门。汤姆见状，快速冲进去，然后呼喊伊林威夫妇。这一喊标志着战斗正式开始。

"伊林威先生！伊林威夫人！"汤姆喊着，"我们来救你们了。赶快跟我们出去吧，飞艇就停在外面！"

汤姆向房顶上开了一枪。子弹射出的光让他们能够判断出两位传教士是否仍旧在这间屋子里。这时，汤姆看到两个身影在他面前站了起来，正是伊林威夫妇。

"哦，这是怎么回事？"汤姆听到那个妇女在问。

"有人来救我们了！感谢上帝！"她的丈夫激动地回答，"哦，不管你是谁，愿上帝保佑你！"

"快跟我来！"汤姆大叫着，"我们没时间了！"

确切地说，现在他正跟两个黑影说话。子弹的闪光消失后，屋子里马上黑了下来。就在这时，有人抓住了汤姆的胳膊。汤姆判断应该是伊林威先生。

"抓住你夫人的手，跟我走。"汤姆焦急地说，"嗨，托姆巴！发现红色俾格米人了吗？"

刚才，通过子弹的闪光，汤姆没有看见红色俾格米人，但是他的问题马上就得到了回答。就在这时，囚禁传教士的屋子里响起了野蛮的喊叫声。与此同时，汤姆感到有几只小手正抓着他的腿。

"快点！"他大喊着，"他们已经醒了！"

外面的喧闹声更大了。汤姆听到他的朋友们的枪声也已经响了起来。透过草帘，汤姆看见一道蓝紫色的光，那是德本先生正在使用他的电动步枪。

借助这些断断续续的火光，汤姆得以将伊林威先生和伊林威夫人召集到一起。托姆巴则守护在主人身边。屋子里的喊声震耳欲聋，几乎所有守卫俘虏的红色矮人都醒了，他们的视力很好，因此对汤姆下手很方便。幸运的是，他们没有武器。不过，他们死死地拽着汤姆，企图把他拉倒。

"继续往前走！赶快！"汤姆一边对伊林威夫妇大喊着，一边用力推着他们往前走。一直等到他们都走出屋子，汤姆才转过身，用左轮手枪对准那些企图将他拽倒在地的红色俾格米人开枪。他一刻不停地开着枪，直到打完两把手枪的子弹。

汤姆能感觉到那些恶魔似的小人儿一个个地松开了手，最后终于摆脱了他们。此时，两位传教士和托姆巴正在他前面。在手枪和步枪交替的火光中，飞艇若隐若现，飞艇旁边是正在与红色俾格米人作战的冒险者们。

"上飞艇!"汤姆对两位传教士大喊着,"到飞艇上去,我们马上就要离开这里了!"

汤姆突然感到他的脖颈像针刺一样疼,他被一支箭射中了。他拔出箭,向前跑去。到飞艇前时,他用力地将伊林威夫妇推上甲板,然后自己也跟了上去。托姆巴挥舞着棍子,一路保护着他的主人。

"得救了!得救了!"伊林威先生欢呼着。汤姆则马上冲到驾驶室去启动发动机。

第二十四章

另外两个俘虏

然而，营救任务仍然没有完成。坐在飞艇上的冒险者们仍然非常危险，在他们周围，全部都是那些又喊又叫、不停进行攻击的红色俾格米人。此时，他们已经全部醒来，并且意识到他们的俘虏被救走了。他们决心夺回俘虏，所以不顾一切地发动进攻。这次，几乎所有的红色俾格米人都拿着武器，一批又一批的矛和弓箭射向飞艇。

多亏是在夜里，这些俾格米人不能准确地瞄准目标。虽然他们可以借助枪发出来的火光瞄准目标，但这些光维持的时间实在太短。尽管如此，由于冒险者们是站在露天甲板上作战，所以还是有人受了点轻伤。

"可怜的眼镜！"戴蒙先生突然喊道，"我的眼镜掉了！"

"不要管你的眼镜了！"尼德建议，"不要停下来，继续向他们开枪。我们马上就可以离开这里了！"

"不要再开枪了！"德本先生喊着，"枪发出来的火光能让俾格米人看见我们，这对我们很不利。我用电动步枪就足够了，这样能好一些。"

大家听从了德本先生的建议，不再射击。德本先生向那群野蛮人中间发射了一枚电光以后，飞艇上不再有其他步枪的火光了。这样一来，德本先生就可以准确判断该向哪边开枪。

汤姆打开了气体制造机，用最快的速度向气囊里注入气体，以便使飞艇尽快飞起来。因为天太黑了，屋子周围的地面又非常不平坦，所以"黑鹰号"不能像飞机那样助跑起飞。

德本先生不断向红色俾格米人中间发射隐形子弹。结果非常令人震惊，原来，俾格米人两两挨得太近，只要其中一个被子弹打中，电流就会传到紧挨着同伴身上。于是，一排排野蛮人同时倒下。

同时，汤姆也全力操纵着飞艇，以便能尽快升起来。此时，他脖子上那个被箭射中的部位疼得特别厉害，能感觉到血正从脖子上流下来，但是此刻他根本顾不上处理伤口。

两位传教士简直不敢相信他们可以获救，他们跟着托姆巴进了主舱里面。现在，托姆巴已经非常了解飞艇的构造。尽管此时飞艇上没有开灯，周围一片漆黑，他仍然能顺利地找到路。

许多红色俾格米人受伤退了下去，但又有更多的俾格米人扑了上来。气囊再次被刺出几个洞，还好洞口不大。汤姆制造气体的速度绝对比气体溢出的速度快，只要气囊没被撕裂，飞艇升空就不会有问题。

"俾格米人打算从飞艇侧面爬上来！"尼德突然惊慌地大叫着，"我们该怎么办？"

"敲打他们的手指！"安德森先生喊着，"找根棍子狠狠地敲！"这是一个不错的主意。尼德不由想起了那次为了观看安迪的飞机，他和汤姆爬上安迪家后院的围墙，那时安迪就用这种办法对付他们。尼德抓起一根棍子，冲向前去，重击那些正抓着飞艇栏杆的家伙，主要敲打他们的手指和胳膊。他再次想到了那个恶霸安迪，不知道他现在到底怎么样了。令人意想不到的是，尼德马上就要见到安迪了。

双方这场近距离的较量越发激烈。就在这时，飞艇开始颤动。

"飞艇马上就要升空了！"尼德喊道。

"可怜的支票！"戴蒙先生说，"我们得当心，要不然就把这些抓住飞艇栏杆的红色家伙一起带走了！"

他说着，用棍子使劲敲红色俾格米人的手，然后几个俾格米人掉了下去，发出痛苦的惨叫声。

紧接着，飞艇升上了天空。剩下的那些抓在"黑鹰号"上的红色野蛮人由于害怕被带到天上，发出恐惧的叫声，一个个主动松手，掉了下去。等飞艇一直飞到那些矛和箭无法触及的高度后，汤姆这才打开机舱里的灯及飞艇前方的探照灯。灯光照耀着下面那群被打败的俾格米人，他们气急败坏、嗷嗷大叫。

"再给他们来几枪，这样他们就会更好地记住我们了！"德本先生又向下发射了几发电流子弹。就听见红色俾格米人之前那种暴怒的叫声已经变成恐惧的喊声了，这是因为闪耀的电光或者说子弹比飞艇更让他们恐惧。

"我想我们已经给他们足够的教训了。"汤姆说着启动了螺旋桨，然后飞艇便在夜空中开始前进。

"天哪！汤姆，你受伤了！"尼德走进驾驶舱后，发现汤姆的脖子正在流血，惊叫起来。

"只是被擦伤了而已。"汤姆说。

"比擦伤更严重。"德本先生仔细检查了汤姆的伤口说，"汤姆，你的伤口必须马上包扎起来。"

于是，由尼德代替汤姆驾驶飞艇往他们做夜间袭击准备时的那片林地飞去。期间，汤姆包扎好了伤口。

同时，两位传教士也受到了精心的照顾，他们换了衣服，伊林威夫人甚至还有女装可穿。原来，在这次出发之前，汤姆就想到可能会有女士乘坐飞艇，于是在飞艇上放了些女装。伊林威先生和伊林威夫人脱下那些俾格米人强迫他们穿的难闻的兽皮后，看上去体面多了，他们一次次感谢着汤姆和他的朋友们。

"在第一次战斗中，当看到你们被俾格米人击退后，我们都快绝望了。"伊林威夫人说，"哎，此时此刻我都不敢相信我们已经获救了！"接着，她和她的丈夫又一次表达了谢意。

大家都饿了，戴蒙先生立刻赶做了一顿可口的饭菜。伊林威夫妇自从沦为俘虏后，就再也没有吃过一顿像样的饭。

"哦，简直不敢相信我们竟然可以再次正常用餐，"伊林威先生拿起第二杯咖啡时说，"难以置信啊！"

"并且会看到灯光，而不是那些火光。"他的妻子补充说，"汤姆，你们拥有一架超棒的飞艇。"

"是的，它的确很棒。"汤姆表示认同，"今晚，它可是派上了大用场。"

现在，他们离俾格米人和他们的篝火已经很远了。

"我们就在之前露营的地方降落吧，"汤姆说，他再次接管了飞艇，"明天一早，我们就出发回大城市。"

"不去救其他两个人了吗？"托姆巴突然问。

"他究竟在说什么啊？"汤姆感到十分不解。

"让我来问问他。"伊林威先生提出建议。接着，他用当地人的语言同托姆巴交谈起来。谈话很快结束了，两位传教士一脸震惊。

"怎么回事？"德本先生问，"托姆巴说了什么？"

"那些红色俾格米人手里竟然还有两个俘虏，"伊林威先生说，"他们是昨天被抓到的，就在第一次战斗你们被击退之后。据托姆巴所说，是两个白皮肤的人，或者更确切地说是一个年龄稍大的人和一个小伙子。他们被囚禁在离我们不远的一间屋子里。不过，他们被绑起来了，所以没能趁乱逃走。"

"托姆巴是怎么知道的？"戴蒙先生问。

"他说，"伊林威先生又问了托姆巴几句，翻译过来说，"托姆巴听到那些红色俾格米人在我们逃离之后夸口说的，虽然我们逃走了，避免了被杀死或是被用来祭祀，但其他两个俘虏无法逃脱这种悲惨的命运。"

"红色俾格米人的手里居然还有两个俘虏！"汤姆咕哝着，"我们必须救他们！"

"你该不是现在就要返回吧？"德本先生问。

"不，但是一检修完飞艇，我就会返回。明天，我们出发救人，并且必须在白天行动，要不然就太晚了。另外两个俘虏！不知道他们会是谁呢？"

随后发生的事情将令汤姆无比震惊。

第二十五章

返　程

昨天晚上的营救行动结束后，剩下的时间大家便在那片茂密的丛林里度过。不过，天很快就亮了。汤姆对飞艇做了些简单的维修。此刻，"黑鹰号"又一次准备好去和那些野蛮人战斗了。

"不能等到天黑了。"汤姆说，"我们已经没有时间了，而且我们并不知道另外两个俘虏被关在什么地方，所以必须得寻找一番。"

"这就意味着我们又要处在那群俾格米人中间与他们进行殊死搏斗。"尼德说。

"对，就是这个意思。"汤姆严肃地说，"不过，我想炸弹也许能帮得上大忙。"

出发之前，他们用弹药临时制造了大量炸弹，只要发生碰撞，这些炸弹就可以爆炸。

"黑鹰号"出发了。由于这次是在白天行动，所以汤姆不必担心发动机会发出的声音有多吵。于是，他加快了速度，让飞艇能全速前进。

不久，俾格米人的村庄出现在大家眼前。一切准备就绪，炸弹也放在触手可及的地方，如果有必要，随时准备扔下去。汤姆希望在看见飞艇以后，那些俾格米人会大量聚集在一起。这样的话，炸弹会取得更好的效果。

这时，飞艇到达了俾格米人的村庄上空。只见，红色俾格米人从各自的屋子里跑了出来，但他们并不像大家预想的那样聚集在一起，而是疯狂地四处乱跑。他们有的从屋子里带出一些用来做饭的日常用具，妇女们有孩子的抱着孩子，没孩子的就抱着一卷卷的草垫，而男人们则都拿着武器。

"可怜的车轮！"戴蒙先生大叫着，"这到底是怎么回事？"

"看起来他们好像要迁移到什么地方去。"尼德提出了自己的见解。

"对，就是这样！"德本先生说，"他们正在移居。显然，他们已经无法抵御我们的攻击，所以才打算在我们再次到来之前离开这个村庄。如果是这样，那么那些俘虏被他们弄到哪里去了呢？"

德本先生的疑惑很快就可以解开了。他们看到几个俾格米人冲进一间屋子，然后又见他们用绳子拉着两个人走了出来。由于汤姆和他的朋友们距离地面太远，所以根本无法看清楚两个俘虏的面孔。

"我们必须救他们！"汤姆说。

"可是该怎么救呢？"戴蒙先生问。照目前的情况来看，汤姆确实不知道该怎么救人。此时，整个部落的红色俾格米人都在向丛林里转移，并且带着他们的俘虏。那两个俘虏向上看了看，结果看到了飞艇。为了让飞艇里面的人看到他们，他们开始疯狂地扭动身体来求救。

"你打算怎么做？"尼德问。

"你马上就知道了。"汤姆回答，"尼德，拿几个炸弹，我让你向下扔的时候你就扔。"

"但这样可能会炸死那两个人。"尼德表示反对。

"我当然不会冒这个险了。总之，我让你扔你就扔吧。"

汤姆把飞艇驶向红色俾格米人行进队伍的队首，而俘虏们在队尾。这时，红色俾格米人的队列已经靠近丛林的边缘了，一旦这些家伙进入到茂密的丛林里，就很难再找到他们了。那么，这些俘虏也会死得很惨。

"我们必须拦住他们，"汤姆说，"你准备好了吗，尼德？"

"准备好了！"

"那么，现在就把炸弹扔下去！"

于是，尼德向下扔了一颗炸弹，随后听到了猛烈的爆炸声。与此同时，队首的红色俾格米人分散开来，处在一片慌乱之中，整个队伍停止了前进。

"再多扔几颗！"汤姆说，他让飞艇盘旋在这片野蛮人聚集的区域上空。

于是，又有几颗炸弹落在了红色俾格米人的队列里，俾格米人突然疯狂地四散奔跑起来。汤姆看了看队尾，突然大喊："机会来了！他们已经放开了俘虏，正向丛林里跑去！"

汤姆说完就准备降落。不一会儿，飞艇靠近了地面。两个俘虏看到后，更加疯狂地向他们的营救者呐喊。

"快点！到飞艇上来！"汤姆把飞艇停在地面上后大喊道，"赶快上来！红色俾格米人随时都有可能改变主意，返回来袭击我们。"

于是，这两个人加速跑向"黑鹰号"，其中的一个突然停了下来，大喊道："哎呀，是汤姆·史威夫特！"

汤姆转过身，盯着这个说话的人，一脸惊讶的表情，"安迪·佛格！你怎么会在这里？"

"我想，我们还是登上飞艇后再解释吧！"安迪的同伴说，他说话带着浓重的德国口音，"我讨厌那些红色的矮人。"

过了一会儿,这两个获救的人安全地坐在了汤姆的飞艇上，这时，飞艇已经飞得很高，他们完全脱离危险了。

"你怎么会在这里呢？"汤姆问安迪——这个一向喜欢和他作对的人。

"汤姆，我马上就告诉你一切，"安迪说，"但是首先我想为从前对你做过的事请求你的原谅，并且衷心感谢你这次救了我们。我还以为我们会死在那些俾格米人的手中呢。兰德巴切先生，当时你是不是也这样想？"

"当然了。不过，现在我们已经平安无事了。哎呀，与我们已经丢弃的飞艇相比，这架飞艇好了许多。请原谅我的冒昧，请问这里有吃的东西吗？"

"多着呢。"汤姆笑着说，"你们一边吃，一边给我们讲讲你们的遭遇吧。至于你，安迪，我希望我们从今以后能成为好朋友。"说完，汤姆向安迪伸出了他的手。

关于读者们急于想知道的事情，其实很简单，我们之前也提到过，安迪和这个德国人在国外进行飞行表演。当时，他们正在埃及低空飞行，突然一阵狂风袭来，竟把他们卷到了非洲大陆内部。

他们在天空飞行了很长一段时间后，飞机上的燃料消耗完了，所以他们不得不降落在丛林里。他们想办法和一些当地人友好相处，当地人对他们也不错。那架没有汽油的飞机已经用不上了，所以他们只好把它丢弃。

正当安迪和这个德国人打算离开时，一群红色俾格米人对他们所在的部落发动了突然袭击，最终征服了那个部落。因此，安迪和他的朋友变成了红色俾格米人的俘虏，并且被带到了之前囚禁传教士的那个村庄，而这一切就发生在成功营救传教士之前。

接着就是刚才的这场战斗及他们获救。安迪不得不承认，这次营救非常及时，如果再晚上哪怕 1 分钟，他和他的朋友就彻底完蛋了。

"哦，看来你们经历的和我们几乎一样'丰富多彩'。"汤姆说，"但是我想，一切都结束了。我相信这种危险的事情不会再发生了。"

然而，事实并非如此。飞艇在丛林上空一连飞了几天，中间一次也没有降落。伊林威夫妇打算在一个有他们的传教士同伴的区域降落，托姆巴也希望跟着他们。于是，汤姆按照他们的意愿把他们送了过去，并且他和他的朋友们也在那个地方待了一段时间。

而安迪和兰德巴切先生则想让汤姆尽快把他们带到非洲海岸上。在那里，他们可以搭乘轮船回美国。

"哎呀，我们现在是不是该回国了？"一天，汤姆问大家。

"再多弄些猎物吧，"德本先生说，"我想我们还得再进行一次猎捕，毕竟我们这次来的目的就是打猎。"

大家同意了德本先生的建议。

"那我们现在就出发吧。"汤姆说。于是，他们向传教士们道了别，而传教士们也请求这些冒险者们能把他们的问候传达给他们远在美国的朋友，以及那些安排营救他们的教堂人员。就这样，汤姆的飞艇再次进入另外一片丛林的最深处。

他们又进行了一次大型捕猎，之后就打算回程了。

"我们还有多久准备返回？"德本先生突然出现在门口问。

"马上！有什么问题吗？"汤姆问。他注意到德本先生的话语里有几分焦虑。

"哎，我可不想再在丛林里待下去了。首先待在这里对身体不好，其次这里非常荒凉，有各种各样的野兽出没，还有平时喜欢在丛林里成群游荡的土著人也可能随时出现。"

"你不会是说，那些红色俾格米人还会再回来吧？"尼德问。

"这种事情并非不可能，"德本先生耸了耸肩膀回答，"既然我们已经得到了我们想要的东西，我想还是尽快出发为好。"

"是的。既然如此，我们最好不要再冒险了。"安迪请求说，当他和他的同伴落在那些红色俾格米人的手中时，他简直放弃了所有的希望。

"我宁愿遇到食人动物，也不愿再遇见那些红色俾格米人了！"那个德国人激动地说。

"那我们马上就出发吧。"汤姆大声询问，"大家都上了飞艇了吗？所有的东西都带到飞艇上了吗？"

"我想是的。"安德森先生回答。

汤姆检查了一下发动机，结果显示正常。于是，他拉动了气体制造机的控制杆。让他意外的是，他并没有听到气体进入气囊时的嘶嘶声。

"有点不对劲，"汤姆说，"尼德，看看气体制造机是不是出了问题。我再拉一下控制杆试试。"

在汤姆操纵控制杆期间，尼德一直站在气体制造机旁边仔细观察，但是问题好像过于复杂，他看不出所以然。

尼德喊着，"汤姆，还是你来看看吧。"

"好吧，我过来看看，你来操纵控制杆吧。"

此时，飞艇还停在丛林里的一块空地上。其他人都聚在引擎室的门口，看着汤姆和尼德处理故障。

"可怜的皮带！"戴蒙先生说，"但愿不会再出问题。"

"唉，确实出了问题！"汤姆用低沉的声音说。刚才，他趴在地板上仔细观察了一下气体制造机的底部。"有一根压缩柱断了，"他不是很有把握地说，"或许是我们上次降落的时候断掉的，下降速度太快了。"

"这意味着什么？"德本先生问，他对机械方面的知识并不是很了解。

"这意味着我必须得换一根压缩柱。"汤姆继续说，"这项工作非常麻烦。可是不更换压缩柱，我们就无法制造气体！"

"等飞艇升空后再换不行吗？"德本先生问，"汤姆，先升空吧，到了空中再进行维修也不迟，而且……"

他突然停住不说了，好像听到了什么声音。

"什么声音？"汤姆马上问。突然丛林里传来了当地人隆隆的战鼓声。

"我担心的事情还是发生了！"德本先生大喊着抓起了步枪，"一定是有俾米格人侦查员发现了我们，然后把部落里的人召集到了这里。汤姆，赶快让飞艇飞起来，我们再好好教训一下这帮野蛮的家伙。"

"但是我没有办法让它升空！"汤姆大叫着，"只有换上新的压缩柱后气体制造机才可以用，这需要花费至少半天的时间。"

"那就利用飞艇的飞机性能让它飞起来！"戴蒙先生大叫着，"可怜的扳手！汤姆，你之前也这么做过的呀！"

汤姆用手指了指四周茂密的丛林，然后说道："飞艇做起飞前的滑行最起码需要 16 千米长的空地，这里没有足够的空间。如果不能滑行，飞艇是不能像飞机一样飞起来的。现在，我们走出这片丛林的唯一办法就是让飞艇像热气球一样升空，但如果没有气体……"

突然，汤姆停止说话。他听到，战鼓声越来越大，而且还混合着一种奇怪的歌声。

"是俾格米人！"安德森先生说，"他们正向这边跑过来！如果他们发动袭击，我们必须采取措施！"

"电动步枪在哪里？"尼德问，"把它拿出来，汤姆！"

"等会儿！"德本先生建议，"现在情况很严重。看样子，他们正准备袭击我们。比较起来，他们更有优势。现在，只有飞到空中，我们才会安全。所以，我们几个负责挡住那些人，这样汤姆就可以维修飞艇了。汤姆，这次我们不能再让你参战了！你得尽快修好飞艇，我们负责打退那些人。"

"好的！"汤姆说，"还好我有一个备用的压缩柱！"

这时，丛林里传来了更大的叫喊声及一阵混乱的声音。

"他们在那里！"安德森先生大叫着。

"可怜的背带裤！"戴蒙先生喊着，"我的枪哪里去了？"

"你用我的吧，我来用电动步枪。"德本先生回答。正说着，空中传来一阵嘶嘶声，一支支长矛朝飞艇这边飞了过来。

大家马上跳出飞艇，准备作战，而汤姆在尼德的协助下，开始了紧张的飞艇维修工作。此时，他们的情况非常危险。飞艇飞不起来，他们随时都有落在俾格米人手里的可能。汤姆向窗外望了一眼，看到一大群俾格米人正在树林间穿梭。

枪声马上响了起来，与此同时，那些人的叫声变成了痛苦的嚎叫声。虽然电动步枪没有发出任何声音，但它击退了许多敌人。

"希望他们不要把气囊给刺破了。"汤姆说。为了取出已经坏掉的压缩柱，汤姆正在努力拆开气体制造机。

"如果他们真的刺破了气囊，那我们就完了。"尼德接着汤姆的话说。

第一次进攻结束以后，俾格米人发现这些冒险者正处于警惕状态，所以后退了一些，这样的距离让他们的矛和弓箭派不上用场了。

然而，虽然来自矛和弓箭的危险变小了，另外一种危险却出现了，这种危险来自吹箭筒。这种武器可以射出很小的箭。这种小箭的箭头上粘的不是羽毛，而是棉花一样的东西。这样一来，小箭可以飞得更远。跟矛和弓箭相比，这种小箭难以刺破气囊那坚韧的外壳，但是对于那些正站在甲板上的冒险者们来说就危险了。

"这些箭头上很可能有毒。"德本先生说，"不管是谁被射中，即便只是小小的擦伤，也必须用抗菌剂来处理。我正好带了一些。"

结果，德本先生被射中了两次，安迪和戴蒙先生各被射中了一次，还好他们的伤口都及时用抗菌剂处理了。现在，俾格米人都隐藏了起来，但仍不时有箭从丛林里射过来。

最后，德本先生建议大家找个临时"盾牌"。这样一来，他们就可以站在遮挡物后面进行还击了。接着，大家决定用包装箱充当临时盾牌，不过他们仍然需要随时保持警惕。因为他们永远都不知道那些俾格米人会在什么时候突然从丛林里冲出来。

汤姆和尼德的工作非常棘手，在通风不太好的引擎室里进行维修，非常吃力。汗水从他们的脸上一滴滴落下来。光是取出断掉的压缩柱，他们就足足耗费了3个小时，而再把新压缩柱安装上去也不是件轻松的事，他们必须拧紧阀门，这样气体才不会泄漏。

为了防止俾格米人的突然袭击，在外面的守卫者们丝毫不敢放松警惕。一些箭时不时飞过来，偶尔还会看到一两个俾格米人冲过来，这时守卫者们就会开枪射击。

"天黑之前可以修好吗？"戴蒙先生焦急地问。

"我只能说希望如此。"汤姆回答。

"天黑以后如果修不好，我们就只能待在这里了……真希望能尽快修好，我可不想待在这里。"德本先生说。

汤姆也不想再在丛林里逗留一晚了。他加快了维修的速度。新的压缩柱被换上后，天色已晚。此时，战斗又开始了。那些当地人也变得更加胆大起来，他们竟然敢从树林里慢慢走出来，使用他们的弓箭和矛。

"好了！"汤姆终于大声宣布，"现在，来看看我们的飞艇是否能飞起来！"他又一次拉动了控制杆。这次，大家总算是听到了那让人期盼已久的嘶嘶声了。

"万岁！"尼德喊着。

汤姆让机器以最快的速度制造气体。不一会儿，"黑鹰号"颤动起来。

"飞艇就要飞起来了！可怜的气球吊篮！飞艇马上就可以

起飞了！"戴蒙先生兴奋地说。

那些俾格米人还以为发生了不寻常的事情。突然，他们冲了上来，大喊着并击着鼓。德本先生和其他人立即从机舱来到甲板上，开始向他们开枪，但是这样做似乎已经没必要了，因为飞艇轻轻地震动了几下后离开了地面，迅速升到了天空。俾格米人向飞艇发射了最后几支矛，但只有一支命中了目标，受伤者是那个德国人，好在他只是受了点轻伤。汤姆随即起动了发动机，螺旋桨开始转动，"黑鹰号"又一次得以升上天空。这时，黑暗刚刚笼罩这片丛林。飞艇下面那群俾格米人四处乱冲乱撞，不停地号叫着，为他们没能抓住猎物而发狂。

在飞往海岸的旅途中，飞艇再没有发生任何意外。按照预期的时间，飞艇抵达了海岸。离开丛林及红色俾格米人的领地后，冒险者们显得特别高兴。

他们对猎物进行了分配，汤姆分到的份额可以说是最大的。尼德和戴蒙先生两人也收获不少。飞艇也已经被拆卸开，准备用轮船运回美国。

"现在，我们就回家。"汤姆说，"我想你们一定会很高兴回美国。我的话没错吧，朋友们？"

"当然了！"安迪高兴地说，"我想，我和飞机的缘分已尽。哎！每次想起那些红色俾格米人，我就无法入睡！"

"我也是！"德国人附和着。

"好吧，接下来我要安安静静待一段时间了。"汤姆宣称，

"就目前而言，对于惊险刺激的冒险，我已经体验够了，不过在非洲丛林所经历的……"

"如果把这次冒险与一些人的经历相比，他们的经历根本算不上什么！"尼德笑着打断汤姆的话。

"可怜的钓鱼线！确实是这样！"戴蒙先生赞同地说。

他们的海上旅程平安地结束了。由于传教士获救的消息已经用电报传到了美国，所以汤姆和他的朋友们一下船，就被一大群记者围住。很显然，记者们已经听说了冒险者们和红色俾格米人战斗的英勇事迹。不过，汤姆并不希望自己因为这件事而被大肆宣扬，他更喜欢低调的生活。

"现在就回夏普顿——我们的家乡。很快就可以见到爸爸了！"在纽约上了火车后，汤姆兴奋地喊着。

"我猜，你想见的应该还有一个人吧？"他的好友尼德笑着问。

"这个和你没关系！"汤姆不好意思地狡辩道，但他的脸瞬间变红了。接着，他和尼德会心地笑了起来。

现在，让我们暂且向汤姆和他的朋友们说声再见吧。

视界
阅读

读什么书，代表你是什么人

看书有道